LOCUS

LOCUS

LOCUS

LOCUS

mark

這個系列標記的是一些人、一些事件與活動。

mark 143

在天堂遇見的下一個人

作者：米奇・艾爾邦（Mitch Albom）

譯者：吳品儒

責任編輯：潘乃慧

封面設計：許慈力

校對：呂佳真

出版者：大塊文化出版股份有限公司

www.locuspublishing.com

台北市10550南京東路四段25號11樓

讀者服務專線：0800-006689

TEL：(02) 87123898　FAX：(02)87123897

郵撥帳號：18955675

戶名：大塊文化出版股份有限公司

法律顧問：董安丹律師、顧慕堯律師

總經銷：大和書報圖書股份有限公司

地址：新北市新莊區五工五路2號

TEL：(02) 89902588　FAX：(02) 22901658

初版一刷：2018年11月

初版五刷：2019年8月

定價：新台幣300元

Printed in Taiwan

在天堂遇見的下一個人

THE NEXT PERSON
YOU MEET IN HEAVEN

MITCH ALBOM

米奇・艾爾邦——著　吳品儒——譯

獻給綺卡，我們生命中的「小女孩」，
她已經讓天堂變得更耀眼了。

也獻給所有的護理師——
儘管你們和照顧綺卡的護理師不曾發覺，
卻都碰觸到我們的靈魂。

作者的話

這個故事就跟《在天堂遇見的五個人》一樣，創作靈感來自我親愛的舅舅——艾迪．拜許曼。他參加過二戰，覺得自己是個「沒做過大事的小人物」。

我還小的時候，聽舅舅說他之前在醫院差點過世。他從自己的身體裡飄出來，看到已逝的親人在床邊等著他。

從那時候開始，我認為天堂這地方可以讓我們遇見生前接觸過的每個人，大家會在天堂重逢。但我也體認到這不過是我自己的觀點罷了。還有許多不同的觀點，以及許多種宗教意義上的天堂，每一種都值得尊重。

所以這本小說以及書中描述的來世，只是我的一廂情願，並非絕對如此的教條。這本小說呈現了我的想法，我渴望我的至親（如艾迪）都能找到人世間沒有的平靜，也希望我們能明白彼此的牽連羈絆——在此珍貴的一生中，每一天都在發生。

目錄

結局

這個故事的主角，是個名叫安妮的女人。故事的開頭就是結局：安妮從天上掉了下來。那時候她還很年輕，從來沒想過一切都會結束，也沒想過天堂。但所有的結局都是故事的開頭。

而天堂總是看守著人間。

§

接近死期的安妮又高又瘦，一頭奶油黃的秀髮又長又鬈，手肘和肩膀的關節突出。她不好意思的時候，脖子附近的皮膚會發紅。淺淺的橄欖綠眼珠閃閃發亮，還有一張柔和的鵝蛋臉；同事都說認識安妮之後，就會發現她很美。

安妮是護理師，每天都套著藍罩袍、灰色慢跑鞋上工，上班的醫院離家不遠。她就是在這間醫院離開人世，因為她遭遇到一樁悲慘又驚人的意外。那時，再一個月她就要滿三十一歲了。

或許你會覺得，三十一歲過世太年輕了。但話說回來，在什麼年紀活著算是太年輕？安妮小時候曾經死裡逃生，當時她遭遇意外，地點就在露比碼頭遊樂園，旁邊是一座灰暗的海洋。有些人說，她能活下來簡直是「奇蹟」。

或許，她這條命就是撿回來的吧。

§

「我們今天聚在這裡……」

如果知道自己即將死亡，你要怎麼度過剩下的時間？安妮不知道自己即將離開人世，就此度過了自己的婚禮時光。

安妮的未婚夫叫保羅。他的眼珠是池塘淺水的灰藍色，頭髮黑得像葡萄乾，髮量濃密。她和他是小學同學，兩人在遊樂場的柏油路上玩跳青蛙時認識的。安妮是轉學生，個性害羞又退縮。她低著頭，自言自語，**我好想消失喔**。

突然有個男孩伸手推推她肩膀，像個被人拋下的包裹那樣落在她面前。

「嗨，我是保羅。」他微笑，一撮劉海落在眉毛上緣。

突然之間，安妮只想留在原地。

§

「安妮，妳是否真心願意跟這位男子……」

生命只剩下十四個鐘頭的安妮，說出結婚誓詞。她和保羅站在藍莓色湖邊的遮棚下。兩人在青春期曾經失去聯繫，直到最近才又聯絡上。兩人失聯的那幾年，安妮過得很辛苦。她經歷過幾段孽緣，失去了許多。她開始相信自己不會再愛上男人，也很確定自己不會結婚。

但現在她和保羅再度重逢，兩人站在一起。他們對牧師輕輕點頭，牽起彼此的手。安妮一身白，保羅全身黑，兩人在太陽下站了好一會兒，皮膚都曬黑了。她轉頭面向未來的丈夫，瞥見熱氣球飄過夕陽上方。她心想，**好美的景色**。

之後她注視著保羅，他抿唇而笑，讓人聯想到地平線的寬廣。他急著套戒指時發出緊張的笑聲。安妮亮出戴了婚戒的手指，賓客齊聲道賀。

§

剩下十三小時。新人手牽著手，走過紅毯。剛結婚的人彷彿擁有全世界的時間。安妮揩去淚水，看見最後一排坐著一個老人，他戴著麻質圓帽，掛著海豚般的微笑，皮膚散發著奇異的微光。她看著他也覺得眼熟。

「保羅，」她低聲喊他：「那是誰——」

有人突然打岔，「妳好美啊！」原來是戴牙套的青春期表妹。安妮微笑，牽動嘴唇，不發聲地回說：「謝謝。」

等她再回頭，老人已經消失了。

§

剩下十二小時。安妮和保羅走進舞池，兩人頭上掛著成串的白光燈泡。保羅伸出一隻手，問她：「準備好了嗎？」安妮想起國中的體育館回憶。那晚她走到保羅面前說：「跟我說話的男生只有你，會跟我跳舞的大概也只有你了。現在就告訴我，跳還是不跳，不然我就回家看電視啦。」

他對她抿唇而笑，那模樣就跟現在一樣，接著兩人像拼圖般合體，以規律的節奏移動。攝影師突然出現，大聲喊：「新人看這邊！」

安妮反射性地把略顯嬌小的左手藏到保羅背後。那隻手上，還可見到二十多年前那場意外留下的傷疤。

「美呆了！」攝影師稱讚道。

§

剩下十一小時。安妮歪頭靠在保羅的手臂上，掃過整個宴會廳。婚禮漸漸來到尾聲，到處是吃剩的蛋糕，高跟鞋也被踢到餐桌下。這是一場小巧的婚禮，因為安妮的親人不多，幾乎所有賓客都跟她說到話，許多人誇張地表示：「以後要更常見面啊！」

保羅轉向安妮說：「我做了一樣東西要送給妳。」安妮微笑，保羅總是做小禮物送她，像是木偶或裝飾品。他的雕刻和上漆工夫都是在義大利學的。青少年時期，保羅舉家遷居義大利。那時安妮還以為自己永遠見不到他了。但是多年後，成為護理師的安妮路過整修中的醫院側翼，保羅就在那裡負責木工。

「欸，我認識妳。」保羅說：「妳是安妮嘛！」

十個月後，他們訂婚了。

一開始，安妮很開心，但隨著婚禮的日子接近，安妮也開始焦慮、失眠。

她跟保羅說：「每次我一計畫，最後都會發生變化。」但他只是摟住她的肩膀提醒她，當初他們在醫院重逢，也並非在她的「計畫」之內，對吧？

安妮挑眉說：「你又知道了？」

保羅大笑，「真不愧是我老婆。」

話雖如此，她的擔心還是沒減半分。

§

「拿去。」保羅遞給安妮一個軟軟黃黃的小玩意，是絨毛鐵絲做的。上部有兩隻橢圓耳朵，下部有兩隻橢圓腳掌。

安妮問：「這是兔子？」

「嗯哼。」

「用菸斗通條做的嗎？」

「對啊。」

「怎麼會有這個？」

「我做的啊，怎麼了嗎？」

安妮挪動腳步，突然覺得不太舒服。她看向遠方，又看到之前那個老人。他的下巴布滿灰白鬍鬚，身上那套西裝的款式有三十年歷史了。安妮特別注意到老人的膚色，說也奇怪，他全身似乎散發著光芒。

我怎麼會認識這個人？

「妳不喜歡嗎？」

安妮眨眼。「什麼？」

「我送妳的兔子啊。」

「喔，喜歡啊，真心喜歡。」

「真心。」保羅重複這句話，好像在思考什麼。「今天說了好多次『真心』。」

安妮微笑，摸摸手中的小玩意，體內卻突然傳來一股寒意。

§

在安妮遭遇那場致命意外時，她手中也捏著一隻用菸斗通條做成的小兔子，就如同保羅做的那隻。送小兔子給安妮的是婚禮上的老人，安妮想不起來的那個人。

一個二十多年前就過世的人。

他名為艾迪，在露比碼頭工作，負責維修遊樂設施，給軌道上油，鎖緊螺栓，老是在樂園裡走個不停，用眼睛和耳朵尋找問題。他工作服口袋裡總是放著菸斗通條，這樣就能做點小玩意送給小遊客。

意外發生的那天，安妮被媽媽放生，和新男友暫時離開。艾迪看海看得出神時，安妮走了過來。她穿著短褲和萊姆綠T恤，胸前印著卡通鴨圖案。

「你是艾迪．維修先生嗎？」安妮念出他工作服上的名條。

他嘆氣，「叫我艾迪就好。」

「艾迪……」

「怎麼了？」

「可以幫我做……？」

她伸出雙手，好像在祈禱的樣子。

「小朋友，有話快說，我沒那麼多閒工夫。」

「可以幫我做一隻小動物嗎？**拜託**。」

艾迪擠眉弄眼低頭看她，一副這問題要想很久的樣子，接著便拿出黃色通條，做了一隻小兔子給安妮——就跟保羅在婚禮上送的一模一樣。

「謝謝！」安妮蹦蹦跳跳地離開了。

十二分鐘後，艾迪就死了。

§

致命意外會發生，是因為「佛萊迪自由落體」有一節車廂從離地兩百呎的高塔上掉了下來。車廂就掛在上頭，像即將墜地的落葉，但乘客們後來都獲救了。艾迪在地面上查看，發現有一條鋼索受損，如果斷裂，車廂就會墜落。

他大叫：「**退後！**」

車廂下方的人群立刻散去。

但是安妮搞不清楚狀況，衝往反方向，蜷縮在塔柱底部，害怕得不敢衝出去。後來鋼索斷裂，車廂掉了下來，安妮原本會被壓扁，但艾迪在最後一秒從月台上跳下，把安妮推開，自己卻被車廂壓在底下。

車廂奪走了艾迪的生命。

車廂也帶走了安妮的一小部分，就是她的左手。一塊金屬零件遭受撞擊而鬆脫，連骨帶肉削掉了她的左手。反應較快的遊樂園員工將血淋淋的斷肢放在冰塊上，急救人員火速將安妮送進醫院，外科醫生開刀開了好久，縫合肌腱、神經、血管，並移植皮膚，用骨板和骨釘把手腕和手掌接起來。

這場意外的新聞傳遍全國，媒體標題形容安妮是「露比碼頭的小小奇蹟」。不認識她的人也為她祈禱。有些人甚至特別想見安妮，彷彿她因為這次得救，得知通往永生不死的祕密路徑。

但那時候安妮只有八歲，什麼也記不得。事件餘波把記憶沖刷得乾乾淨淨，好像強風吹滅了火焰那般不留痕跡。直到現在，安妮只記得一些畫面和閃動的場景，隱約知道那天去碼頭的時候是無憂無慮的，準備回家時卻發生了一些事情。醫生認為這是**意識的壓抑**和**創傷後遺症**。他們有所不知的是，有些記憶是為了現世而存在，有些記憶則要等到死後才能面對。

生命是用生命換來的。

天堂的凝視一直都在。

§

「祝你好運！上帝保佑！」

安妮和保羅閃躲眾人撒出來的米粒，跌跌撞撞走向禮車。保羅打開車門，安妮鑽進去，裙襬在身後拖曳。

「嗚呼——」保羅笑著，鑽進車內在她身旁坐下。

司機轉頭看他們。他蓄著小鬍子，眼珠是棕色的，牙齒被香菸燻黃了。

「新婚快樂喔。」

他們同時回答：「謝謝。」

安妮聽到車窗傳來敲打聲；舅舅丹尼斯低頭看著她，嘴裡還叼著雪茄。

「好啦，你們兩個，」安妮降下車窗，舅舅說：「要乖乖的，做事小心，生活開心喔。」

保羅說：「哪能都做到啊？」

丹尼斯笑了。「那只要開心就好啦。」

舅舅握住安妮的手，她覺得眼睛變濕潤了。舅舅是受人景仰的外科醫生，跟安妮在同一間醫院共事，除了保羅之外，是她在這個世界上最喜歡的男人。舅舅的頭已經禿了，鼓著啤酒肚，聽到什麼都能大笑。安妮覺得舅舅對她來說更有爸爸的樣子。她的生父是傑瑞（媽媽都叫他「混帳傑瑞」），拋下了小安妮後，就不見人影。

「舅舅，謝謝你。」

「謝什麼？」

「謝謝這一切。」

「今天這樣，妳媽媽一定很滿意。」

「我也覺得。」

「她一定在看著我們吧。」

「你這樣想嗎？」

「對啊。」舅舅微笑。「安妮，妳結婚了。」

「我結婚了。」

他輕輕拍她的頭。

「孩子，妳要開始過新生活了。」

還剩下十小時。

§

沒有一個故事是獨立存在。我們的生命互相連結，就像梭子上的織線，以意想不到的方式交錯。

正當安妮與保羅在婚宴上起舞時，有個名為托伯特的男子，在四十哩外抓起了他的鑰匙。他想起車子快要沒油了，又想到那個時間也很難找到加油站，於是他改拿太太的車鑰匙。太太的車子較小、較方正，但輪胎沒氣。托伯特離家時沒鎖門，他抬頭望了夜空中的雲層一眼，月色飄散著一抹陰霾。

如果托伯特開自己的卡車，這個故事的發展就會不同了。如果安妮和保羅沒有停下來拍攝最後一輪合影，這個故事就會不同了。如果禮車司機記得帶上放在公寓門口的袋子，這個故事就會不同了。你的生命故事的每一秒都在重新書寫，就像一枝鉛筆轉眼間就成了橡皮擦。

§

「但是我們就要結－結－結婚了！」保羅唱歌忘記歌詞，惹得安妮大笑。她轉過身抓住保羅的手，讓他緊緊抱住自己。有些人一碰到你，那觸感一傳來，不用問也知道是誰，即便閉上眼也感覺清晰。對安妮來說，保羅伸手搭她的肩膀就是這樣。多年前他們一起玩跳青蛙時，安妮就知道了。

現在，這個觸感依舊存在。

安妮看著保羅的金質婚戒，深沉而滿足地嘆一口氣。終於，他們完婚了，再也不用擔心會發生什麼意外，破壞計畫。

安妮說：「我真的覺得很幸福。」

保羅回答：「我也是。」

禮車起步，安妮透過車窗揮手。賓客鼓掌，給新人比個讚。安妮看到的最後一位客人，竟然又是那個戴帽老人，他跟安妮揮手，動作可說非常僵硬。

§

你聽過「人間天堂」的說法嗎？這通常用來描述美好事物發生的時刻，例如在婚宴上欣然目送新人離開。不過在人間看到天堂未必會發生好事，例如接下來發生在安妮身上的事。這時，她也看見老人——露比碼頭的艾迪，離開了她的視線。

在死亡靠近的某些時刻，今生與來世的薄紗被揭開，天堂與人間的邊界交疊。此時我們得以窺見已經離開人世的靈魂。

你看得見他們準備好迎接你。

他們也看得見你靠近的身影。

§

剩下九小時。夜色朦朧，雨開始落下。禮車司機打開雨刷，刷子來來回回，安妮心裡想著之後的打算。首先要去度蜜月，他們計畫許久，要去阿拉斯加看極光。保羅滿腦子都想著這個奇觀。他給安妮看過好幾百張極光的照片，還故意考她極光產生的原因。

「我知道啦。」安妮憑記憶背出答案。「從太陽逸散的粒子被吹往地球，兩天後才會到達，然後從大氣層最脆弱的地方衝進來，那裡就是——」

「世界的頂端。」保羅把答案說完。

「世界的頂端。」

「很好，一百分。」他宣布。

阿拉斯加旅程結束之後，他們即將展開新的人生。保羅和安妮會參加一個NGO，為貧窮村落建設水源供給設備。兩人報名參加計畫一年，對沒有出國經驗的安妮來說，這是一大改變，但她的護理技術可以在當地派上用場。保羅也很相信慈善事業的力量，他經常免費幫人施作木工（朋友都笑他是不是每天都想登上榮譽榜）。安妮想到這，便露出笑容。之前她選的男人都不怎麼好，跟保羅在一起總算是正確的選擇，他是令她驕傲的伴侶。

「我等不及了，」安妮說：「好想去——」

禮車猛然改變方向，錯過了匝道出口。

「可惡，」司機說，看著後照鏡。「那個人不讓我切過去。」

「沒關係。」保羅說道。

「我去下一個——」

「沒事——」

「我通常會開ＧＰＳ——」

「真的還好——」

「但今天我把ＧＰＳ忘在家裡——」

「別擔心——」

「他切過來切得超快——」

「真的不要緊。」保羅邊說邊捏著安妮的手指。「我們很高興能坐車兜個風。」

保羅對著新娘子微笑，她也對他笑，完全不知道這個世界已經在剛剛改變了。

§

禮車轉彎又開回高速公路。安妮看到前方有車尾燈在雨勢中閃爍。一台方正的小型車停在路肩，男子蹲在車旁，全身淋濕。禮車駛近，男子起身揮手。

安妮說：「我們應該停車。」

保羅說：「妳確定？」

「他都濕成那樣了，需要幫忙啊。」

「他應該沒事吧——」

「司機先生，請您停車好嗎？」

司機停在熄火的車輛前。安妮看著保羅，說：「如果我們幫他，等於一結婚就做善事。」

保羅說：「這樣會給我們帶來好運。」

「沒錯。」安妮說，但她還想補充，她覺得兩人能結婚已經夠幸運了。

保羅推開門，雨滴像鼓點般落在路邊。「老兄！」保羅扯開嗓子：「有麻煩喔？」

保羅走過去，男子點點頭，喊道：「我開老婆的車，輪胎沒氣了，她後車廂竟然也沒千斤頂。你有嗎？」

「我有老婆。」

「我是說千斤頂。」

「我開玩笑啦。」

「喔。」

雨水從兩人臉上滴落。

「禮車上應該會有。」

「太好了。」

「等一下喔。」

保羅衝向禮車後車廂，邊跑邊對著安妮微笑，雙臂大幅度擺動，彷彿是動作片演員以慢動作前進。司機按按鈕打開後車廂，保羅找出千斤頂，跑回車拋錨的男子身旁。

「謝啦，」男子說：「老婆就是這樣。」

「哎呀，我的她還是新娘呢。」保羅回道。

§

剩下八小時。安妮從後車窗看出去，保羅和托伯特用抹布擦著手。輪胎已經換好了，兩人在雨中閒聊。

安妮撥弄著婚戒，看見兩人張嘴笑著。保羅站得比較靠近外側，他轉身朝安妮走來，抓住拋錨男子的手腕舉高，彷彿剛才贏得冠軍似的。

有那麼一會兒，她為自己的好運感到不可思議：不但新婚，新郎穿著弄濕的燕尾服還是這麼帥，幾乎帥得發光。

後來，她才發現那是車頭燈的光線。保羅身後有車快速駛來，照亮了他的身影。安妮一陣恐慌，大喊他的名字，不過托伯特已經抓住保羅的手臂，將他拉到一旁。

車輛疾駛而過。

安妮砰一聲倒回座椅上。

§

「欸，妳看。」保羅全身濕答答地滑坐到安妮身旁，亮出一張名片。「剛才那個人是熱氣球老闆耶——」

安妮抓住他。「天啊！」她倒抽一口氣，來回親吻他淋濕的臉頰、頭髮、額頭。「我還以為你會被車子撞到呢。」

「對啊，他開超快的。還好剛才那個人——」保羅看見她鬆一口氣，捧住她雙頰。「嘿，安妮，嘿。」他瞇起雙眼，像是要看進她內心。「我沒事，那沒什麼，我不會有事的。我們才剛**結婚**。」

安妮眼中充滿淚水。

她低聲說：「我們去飯店吧。」

「去飯店！」保羅向司機大聲宣布。

車子駛離現場。

§

你知道起風的原因嗎？高壓碰到低壓，暖流碰上寒流，產生了改變。有變化才會起風。變化愈是劇烈，風力愈強大。

人生也是如此。一個變化牽連著下一個變化。熱氣球老闆托伯特在經歷爆胎事件之後，擔心備胎會在路上出事，於是改變計畫不去工作，回到家中；本來他會在週末早起去上班的。他打給自己的熱氣球助理飛行員，跟他說：「幫我代班到中午，好嗎？」

助理名叫泰迪，是個蓄鬍的小夥子。他聽到老闆吩咐後，只得更改自己的行程，睡意濃厚地說：「沒問題。」他泡了咖啡，著裝。

安妮和保羅換下禮服，首度以夫妻的身分同床共枕。當陽光逐漸從飯店窗簾透進來，兩人也改變了他們的計畫。安妮摸摸保羅的頭髮，他把頭埋進枕頭裡。

「天啊，累死我了！」

但安妮還不想就此結束。

「如果我們不睡覺，現在就還算是新婚夜吧？」

「大概算是。」

「這樣的話……」

她靠在保羅身上，從床頭几上唰地抽起名片。

「去坐熱氣球！」

「不要——」

「要——」

「不行－不行－不行——」

「可以－可以－可以——」

「安妮真是個行動派！」

「對啦，很不像我。但我在婚禮上念誓詞的時候，看到熱氣球飛過去，可能是個好兆頭。你看這名片上還寫著『日出飛行』。」

「嗯，但——」

「好啦……」

「好——吧。」保羅緊緊閉眼，又突然張開眼皮。「走！」

安妮拿起電話。她生前最後一通電話的開頭是這樣的：「嗨，請問你們今天有飛嗎？」

§

剩下五小時。安妮和保羅穿著薄夾克抵擋清晨的寒意，來到綠油油的田野中央，手牽手站在巨大的熱氣球吊籃旁。名片、電話、熱氣球飛行員泰迪、起飛地點剛好距離飯店不遠，這一切的發展真的都是機緣。**以後說起這個故事該有多美妙啊**，安妮心想，**以空中飛行收尾的新婚夜呢**。

一個工作小組點燃丙烷加熱氣球內的空氣。幾分鐘內，熱氣球就開始膨脹，宛如剛睡醒還在打呵欠的巨人。氣球逐漸變成巨大的梨形，保羅和安妮不由自主地靠在一起，讚嘆眼前的沉默飛船竟能帶他們升上天空。

那時候，他們並不知道：泰迪只是個新手，急著證明自己的能耐；他們不知道儘管天候不盡理想，泰迪卻依然同意起飛，只因他們是新婚夫妻；在熱氣球這一行，新人的錢最好賺；他們也不知道泰迪的想法——他盤算著這趟要是好好飛，新人之間就會口耳相傳，帶來更多生意。

而更多生意就能帶給他更好的收入。

泰迪問：「準備好起飛了嗎？」

他領著兩人進入吊籃，關上柵門。鋼索鬆開後，燃燒器噴出一道火焰。

熱氣球離地了。

§

「天啊！」四十分鐘過後，安妮讚嘆著，他們翱翔經過一處開闊的草原。「真是難以置信。」

保羅緊抓著吊籃扶手。「都是發生在眼前的事了，為什麼還要說『難以置信』呢？不是都看到了嗎？」

安妮微笑。「好啦，你最懂。」

「我是說——」

一陣風颳來，把熱氣球吹得偏離方向，大幅向西飛去。

「哇！」泰迪說道。

「你哇什麼？」保羅問他。

「沒什麼。」泰迪回答，他看著雲層。「風要變強了，我要飛低一點。」

他拉了控制閥減少熱氣，降低氣球高度。過了幾分鐘，天色轉暗，又颳來一陣強風，把他們吹得更偏西邊。安妮發現他們愈來愈靠近一片樹林。

保羅問：「熱氣球這種東西真的有辦法駕駛嗎？我不是想找碴──」

「只是有點顛簸而已。」泰迪說道，把手按在丙烷鋼瓶上。「沒事，別擔心。」

他們繼續往西方飄去，風力增強，雲層變厚。泰迪打開一個活板門排出熱氣，熱氣球降得更低，他想要避開迎風面。如果是更有經驗的飛行員，就會知道這樣做只會讓熱氣球更可能撞上樹冠；待在高處還比較安全，儘管晃動的幅度比較大。不過更有經驗的飛行員是托伯特，這時候他正在修車廠換輪胎。

轉眼間，樹林變得很近。泰迪說：「不要緊，小問題而已。你們最好蹲低點，免得我們擦到樹頂。」

離樹林愈來愈近，泰迪的聲線緊張起來。「快，蹲下。」

安妮和保羅馬上躲到吊籃裡。這時籃子的下半部撞上樹木枝頭，一陣晃動讓兩人撞上籃子內側。

「不要站起來！」泰迪再度吼叫：「我要降落了！」他把活板門開得更大，熱氣外洩發出響亮的嘶嘶聲響。安妮蹲低往上看，發現濃密的樹葉之間，有個黑黑的東西貫穿過去。電纜。

吊籃撞上一條電纜，推擠到另一條。安妮聽見嘶嘶聲，刺眼的火花一閃而過，噴出火星，泰迪的膝蓋發顫。他喊著：「老天！」吊籃猛然下墜，安妮放聲大喊，保羅也是。所有東西上下翻轉，安妮眼前的事物都歪斜了，只零星看到樹木、天空、吊籃地板、手臂、繩索、天空、鞋子、火焰。

熱氣球被吹得歪向一側，直往下墜，吊籃重重摔落，三人被甩向籃內另一邊。安妮的眼中出現火焰、天空、繩索、保羅、自己的手肘、牛仔褲、天空，泰迪跨過籃子扶手，不見了。丙烷鋼瓶的熱氣使得熱氣球再度爬升。

突然間，安妮感覺保羅緊緊抱住了她。他大喊：「安妮，快跳！」在那瞬間，她看見他的臉，還來不及喊他的名字就被他拋出籃外。她在空中墜落，最後砰的一聲撞擊地面，背部著地。

安妮眼冒金星，數不清的細微光點遮住了陽光。當她終於回過神來，驚恐地發現熱氣球已經爆炸燃燒，有個人影往她這裡掉落，愈接近地面，她看得愈清楚，那人狂亂地揮舞著手臂。

她的新郎保羅猛然撞擊地面。

安妮放聲大叫。

§

之後的一個小時，安妮頭暈目眩，但有句話像船錨一樣深深插入她心裡，**都是我的錯**。這句話伴隨著救護車的鳴笛聲、被推動的輪床、急救人員的腳步進到醫院，進入急診室，當門被按壓打開時，那句話仍然糾纏著安妮。**都是我的錯**。他們身軀蜷曲著，機器嗶嗶作響，穿著手術袍的舅舅丹尼斯緊緊抱住安妮，她的眼淚在淺綠色衣料上留下一塊水漬。那句話一直沒停下來。

都是我的錯。

是我堅持要去的。

是我造成的。

什麼都被我毀了。

從空中摔落讓安妮瘀青疼痛，但保羅從四十一呎高的空中跌落，造成他粉碎性骨折，肌腱撕裂，好幾個重要器官嚴重受創。他的雙腿、骨盆、下顎、右肩都因為猛烈撞擊而骨折。其中肺部的傷勢最為嚴重；胸壁遭受撞擊，導致肺部撕裂出血。保羅必須插管，看來兩邊肺葉都保不住，唯有移植肺臟才能存活。醫生們低聲討論著全國器捐單位和移植名單，看看哪位移植專家能在如此急迫的情況下趕來。他們討論時，安妮的嘴巴都沒闔上，這時卻突然動了起來。

「移植我的。」

「什麼？」

「移植我的肺，非這樣做不可。」

「哪有這種事——」

「就有這種事。這樣才能救他！」

他們馬上爭執起來，舅舅和其他醫生想要說服安妮這是不智之舉，但是她提高音量，意志堅定。身為護理師，她很清楚移植的最低門檻及條件：血型相符（她和保羅同血型）、體格相近（兩人身高一樣）。她一直看著手術室裡的保羅，他身邊圍繞著一群護理師和一堆機器。保羅救了她，卻因此即將死去。

「安妮，這樣有風險——」

「我不在意——」

「可能會出差錯。」

「我不在意！」

「他狀況很糟，就算移植成功，也可能……」

「可能怎樣？」

「活不下去。」

安妮喉頭一緊。「如果他活不下去，我也不要活了。」

「不要說這種話——」

「我是認真的！舅舅，拜託你了！」

安妮哭得很凶，她覺得自己已經沒有眼淚可流了。她想起兩個鐘頭前，她和保羅有多開心，才兩個小時前嗎？為什麼人生可以在這麼短的時間內改變呢？她反覆念著保羅在禮車上說的話，他常說這句話讓她放心。

「我們才剛**結婚**……」

安妮全身顫抖，丹尼斯像是肚子被揍了一拳，發出深深的嘆息。他走回資深外科醫師身旁，他還戴著手術口罩，說出一個兩人都知道的名字，那是醫院的移植專家。

「我來打電話。」外科醫生說。

§

之後，一切的細節飛逝而過，宛如雨絲隨風飄過。身旁的生命監視器推動，輪床滑動，還有酒精片、針頭、點滴管等等，安妮都視若無睹，她的身邊好像有一層殼包覆著。發生重大危機時，一個微小的信念就能帶來救贖。安妮相信，她可以拯救丈夫的性命，可以彌補自己的過錯。「**兩片肺葉，一人一半。**」她想得很專注，彷彿受困的礦工把全副希望都託付給一絲微光。

安妮躺在手術台上，祈禱著，**神啊，讓他活下來，請讓他活下來**。她感到麻醉開始發揮作用，身體失去知覺，眼睛睜不開。最後清晰記得的，是兩隻手搭在她肩上，輕柔地按住她，一個男人的聲音說：「待會見。」

世界開始旋轉、發黑，安妮像是彎腰走進洞穴裡。在黑暗之中，她看到不太尋常的景象。婚禮上的神祕老人伸出雙手向她跑來。

接著，周遭化為一陣空白。

安妮犯了錯

那時她兩歲，坐在高腳椅上，面前擺著寶寶練習杯，杯裡裝著蘋果汁。

「傑瑞，你看，」媽媽邊說邊打開杯蓋。「她會用吸管了。」

「好耶。」爸爸咕噥。

「年紀跟她差不多的，都還不會用吸管呢。」

「羅琳，我很忙。」

「你在看報紙。」

「沒錯。」

安妮跳了一下。

「她想要你看她。」

「看到了。」

「她會用吸管了。」

「剛才聽妳說過了。」

「拜託，傑瑞，只要一下就——」

「好了，我要走了。」他啪的一聲放下報紙。安妮聽見他推開椅子，發出巨大聲響。

「好吧，」媽媽把吸管拿掉。「我們再練習，下次喝給他看好嗎？」

她摸摸安妮的柔軟臉頰。安妮一看到有人理她，便開心揮手打翻了杯子，把果汁灑得到處都是，自己倒哭了起來。

傑瑞從門口大喊：「妳對她做了什麼？」

「沒有啊！」

「聽起來就有。」

媽媽抽了餐巾紙，擦乾果汁。

「小可愛沒事的。」她低聲對安妮說：「只是個意外。」

她親親安妮的臉。門大力關上，媽媽低下頭來。「只是個意外。」她又說了一遍：

「都沒事了。」

上路

通常我們醒來的時候，張開眼睛，一切都會從頭來過。夢的世界漸漸消散而去，由現實接手。

現在安妮睡著了，但那並非一般的睡眠。接著她會醒來，但那清醒的方式也和過去完全不同。她的眼睛連一次也沒睜開過，卻能清楚看見所有東西。

她正在移動。

腳下的地面快速變動樣貌，以前所未見的速度縮小再縮小，像坐在噴射玻璃電梯裡飛向太空。她穿過薰衣草紫、檸檬黃、酪梨綠，穿過每一種色彩。

雖然感覺不到風，卻能**聽見**風。上升時，颼颼的風聲朝她而來，旋即離開，彷彿被吸進隧道裡，強烈的吸力與推力同時產生。奇怪的是，她一點也不擔心。其實她心中一絲擔憂也沒有，反倒覺得自己像孩子般輕快，毫無煩惱。

一種突如其來的感受傳遍她全身，實在太奇異了，她不知該怎麼形容。全身都很不自在，好像手腳被拉長，頭被裝在別人的脖子上。她腦中浮現一個個從未見過的畫面：某間房屋的室內、課堂中的臉龐、義大利鄉間的驚鴻一瞥。

轉眼間，她又回到自己的意識中。剛才的色塊回來了——土耳其藍、黃色、鮭魚粉、葡萄酒紅。她試圖回想一些事情，想起保羅的事——**他受傷了嗎**？**他需要我嗎**？回溯之前的事，像是往記憶的上游逆流而去。她想起熱氣球、火焰、墜毀、醫院。

「可能是個好兆頭。」

保羅還活著嗎？

「我們才剛結婚。」

我有救到他嗎？

「待會再見了。」

我在哪裡？

安妮犯了錯

那時她四歲，坐在晚餐桌前，父母在吵架，她把玩著叉子。

媽媽說：「我不相信。」

爸爸說：「事情就是這樣。」

安妮問：「我可以吃冰棒嗎？」

媽媽低聲說：「去旁邊玩。」

爸爸也跟著說：「去旁邊玩。」

「我可以吃冰棒嗎？」

「安妮！」

媽媽揉著額頭。

「我們該怎麼辦？」

「不怎麼辦。」

「像上次那樣？像每次那樣？」

「爸爸——」

「拜託，安妮！」爸爸吼叫：「閉嘴！」

安妮低下頭。媽媽起身離開餐桌，快步穿過走廊。

「好啊，走啊！」爸爸跟在她後面。「妳到底要我怎麼樣？」

媽媽大聲回嘴：「我要你記得你已經結婚了！」

現在安妮旁邊沒人了。她從椅子上溜下來，踮著腳尖走到冰箱邊，拉冰箱門把手，門嘩的一聲開了。

裡面的空氣好冷，但一整盒冰棒就在那。她好想吃，但她知道自己不該吃。她看到底層有兩條爸媽愛吃的冷凍巧克力棒。她拿了一條要給他們，搞不好他們吃了就不會吵架了，然後說不定就會給她冰棒吃。

安妮往後退，看見冰箱門關上——她被兩隻大手粗魯地抓起來。

「蠢豬！」爸爸大吼，巧克力棒掉了。「跟妳說過不准這樣！」

安妮感覺自己被打了一巴掌，張不開眼睛，世界變暗了。又是一巴掌。眼淚開始聚集。再一個巴掌。她哭得好大聲，連自己的耳朵都痛了。

「不要打了！」媽媽驚呼。

「我說不行就是不行！」

「不要打了！」

再一巴掌，安妮開始暈眩。

「傑瑞！」

他鬆手，安妮跌坐在地。父母咆哮，伴隨著她的嚎啕大哭。她聽見有腳步聲快速朝她走來，接著是媽媽從上方俯視她，擋住光線。

隔天一早，爸爸就搬出去了，臨走前還甩門。安妮知道他為什麼要走，因為她想吃冰棒，所以爸爸才會離開。

抵達

藍，籠罩一切的藍。這裡只有一種顏色包圍著安妮，彷彿她被漆進藍色顏料裡。她覺得自己輕飄飄的，好奇心變得異常強烈。

我在哪裡？

發生了什麼事？

保羅在哪裡？

她看不見自己的身體，眼前的藍光像毯子般，把什麼都蓋住了。她只剩下眼睛沒被遮住，仍看得見。突然之間，安妮面前出現一張座椅。那張椅子在空中飄浮，高度約莫到她胸口，座墊部分包覆著深色皮革，上方有銀色握把，看起來像是飛機或公車座位。

安妮反射性想要去碰那張椅子，手伸出去卻嚇了一跳。她的右手飄在自己面前，真的只有右手掌而已，看不見手腕、前手臂、手肘、肩膀。她明白過來，自己的身體不是被藍色給覆蓋，而是整個不見了。她**沒有**軀幹，沒有下肢，沒有腹部，沒有大腿，也沒有腳。

這是怎麼回事？

我的身體呢？

我怎麼會在這裡？

安妮周遭的藍色消散而去，像是窗戶上的肥皂水被拭淨那樣。她的左側出現白雪皚皚的山脈，右側則是都市中的摩天大樓。所有景色皆一閃而過，彷彿她一邊加速前進，同時又是靜止的。她低頭，看見身後出現了軌道，又聽見一陣聲響。她絕對不會聽錯。是火車的鳴笛聲。

她鬆手放開座椅，椅子消失了。接著又出現另外一張座椅，只是擺放位置在更前面。她一抓住，座椅就不見了，但後來又出現了第三張。她順著座椅往前走，最後走到一個車廂前，門上有雕花黃銅把手，便順手按下它。

她進入了車廂。裡頭是火車頭，帶著素描風格的線條，好像是從藝術家筆尖底下描繪出來似的。天花板很低，地面是鉚接金屬板，到處都有操控面板、量表、把手，看來像是五〇年代的火車。

這是哪一種夢境啊？

為什麼我覺得輕飄飄的？

其他人都在哪裡？

有東西進入她的視線，她往前看，駕駛座上迸出一顆小小的人頭，接著又消失了。

「好欸！」是小孩子在大喊：「好欸！」

如果這就像平常在做夢的話，安妮可能會害怕這個陌生人而逃跑；要是我們做了這種夢也會如此。但是危機意識在死後並不存在，所以安妮只是繼續往前飄，飄到駕駛座旁邊，視線往下移，看到一個讓她意外的景象。

火車操作面板前方有個小男孩，他的膚色宛如牛奶糖，頭髮漆黑，穿著條紋短袖襯衫，身上有玩具槍吊帶。

他問：「我會不會開太快了？」

安妮犯了錯

那時候她六歲，放學後走路回家。一如往常，她跟三個大孩子一塊走：十一歲的華倫．赫爾姆斯、他九歲的妹妹戴芬，另一個妹妹麗莎則剛滿八歲。

「那就是領聖餐。」麗莎說。

「領聖餐是什麼？」安妮問。

「去教會，說你很抱歉啊，然後吃塊餅乾。」

華倫說：「那是聖餅。」

「接著還可以收到禮物。」

戴芬說：「有很多禮物喔。」

安妮問：「真的嗎？」

華倫說：「我拿到一輛腳踏車呢。」

安妮開始嫉妒了。她喜歡收禮物，但現在只能在生日和聖誕節的時候收到禮物。媽媽說爸爸離開了，她們要勒緊褲帶過日子。

「我也可以領剩餐嗎？」

「是聖餐，笨蛋。」

「天主教徒才可以。妳是嗎？」

安妮聳肩。「我不知道。」

華倫說：「如果妳是就會知道了啊。」

「怎麼知道？」

「就是知道嘛。」

安妮一邊走，鞋尖輕點著人行道。她覺得自己年紀太小，很多事都不能做。她跟這三兄妹相處時，尤其有這種感受。他們每天都陪她走路回家，而她的同學幾乎都由媽媽接送，但是安妮的媽媽要工作，她只好在鄰居家待到媽媽回來。

華倫說：「女巫的家快到了。」

他們往前看，看到一間咖啡色外牆的平房小屋。簷霤搖搖晃晃，前廊沒人整理。房屋外牆剝落，木材腐朽。大家謠傳屋裡住著一個老女巫，多年前，有小孩進了她的屋裡，再也沒走出來過。華倫說：「誰去敲門，我就給她五塊錢。」

戴芬說：「我才不要。」

麗莎說：「我不缺這五塊，我禮拜天就要收禮物了。」

「安妮，看妳吧。」

華倫從口袋抽出五塊錢鈔票。

「可以買很多東西喔。」

安妮停下腳步，想著禮物。她盯著房子的門。

「搞不好她根本不在家。」華倫說，揮舞著鈔票。「五塊錢。」

安妮問：「五塊錢可以買多少玩具？」

戴芬說：「非常多。」

安妮伸手抓了抓自己的鬈髮，低頭往下看，像是在下定決心。接著她鬆開頭髮，大步走到門廊邊。她回頭看那三兄妹，華倫做了一個敲門的手勢。

安妮深呼吸，心跳加速。她再度想起禮物，便把手舉到紗門前。

她還沒敲到門，紗門就突然打開，一個穿浴袍的白髮女人瞪著安妮。

「妳想幹嘛？」她的聲音嘶啞。

安妮動彈不得，搖著頭彷彿在為自己辯解，沒什麼事，她沒有想要幹嘛。女人看到安妮身後的三兄妹跑開了。

「他們叫妳這樣做？」

安妮點頭。

「妳不會說話啊？」

安妮吞了吞口水。「我想要得到禮物。」

老女人怒瞪著安妮。

「那也不該打擾別人啊。」

安妮一直盯著女人看，無法移開視線。老女人的鼻子又長又歪，薄薄的嘴唇乾裂，眼下的黑眼圈發紫。

「妳真的是女巫嗎？」安妮問。

女人瞇眼看她。「不是。妳是嗎？」

安妮搖頭。

女人說：「我只不過是生病罷了。走吧。」

女人甩上門。安妮喘過氣來，轉身跑向在路口等待的三兄妹。見到他們，便重複剛才那女人說的話。

「不用給妳錢了，」華倫說：「因為她不是真的女巫。」

安妮的肩膀垂了下來。

她從來沒拿到那五塊錢。

安妮在天堂遇見的第一個人

「我會不會開太快？」

安妮注視著條紋衫男孩。

我在哪裡？

「聽不見。」

我在哪裡——

「聽－不－見！」

我說——

男孩露出笑容。「白痴，我聽不見，是因為妳根本沒講出來。」

他說得沒錯，安妮沒有嘴巴。她說的話只有自己心裡聽得見。

男孩說：「第一次到這裡的人都不能說話，這樣才能更專心聆聽。他們是這樣說的啦。」

誰說的？

「我遇見的第一批人說的。」

那你聽得見我說話嗎？

「嗯，我聽得見妳在思考。」

你是誰？

「薩米爾。」

你為什麼會在這裡？

「因為我得在這裡。」

我在哪裡？

「妳還不知道？」

他指向窗戶，指向變換色彩的天空。

「妳在天堂。」

我死了？

「天啊，妳真的很遲鈍。」

§

安妮腦中接二連三蹦出問題，像雨滴潑灑在窗台上。她死了？這是天堂？熱氣球事故的後續呢？保羅呢？

我的身體在哪裡？**我怎麼變成這樣**？

男孩說：「我不知道，是不是底下的人把妳切開了？」

安妮回想起移植手術。

大概是吧。

「那大概就是這樣了。欸，妳看好。」

他大力按按鈕，火車汽笛大作。

他說：「我超喜歡這樣。」

拜託你，我不該來這裡，我不該……

「不該怎樣？」

你知道的。

「不該死嗎？」

對。

「為什麼？像我就死了啊。」

但還輪不到我吧？**我不老，也沒生病，我只是……**

「只是怎樣？」

安妮在腦中重播新婚夜的經過，停留在汽車拋錨男子那一幕，這事件引發了熱氣球意外，他們必須動移植手術，然後才會變成現在這樣。

只是一個會犯錯的人而已。

「喔。」男孩翻了翻白眼。「妳自尊心有問題喔。」

§

接著，男孩轉動方向盤，火車猛烈加速，升空又下墜，接著再度爬升，像賽車一樣急速過彎。

「喔耶！」男孩大呼小叫。

安妮看見前方出現紫色的海洋。火車接近海岸線時，她瞥見了碎浪，浪頭的白沫延伸得很廣。

等一下——

「不要擔心，我很有經驗。」

火車快速俯衝，安妮準備好接受撞擊，但什麼也沒發生；他們只是默默沉浸到海裡，車窗外浮現桑椹的顏色。

「妳看吧。」

我們要去哪裡？

「妳應該問我們要去『哪個時代』。」

他把方向盤往上拉，車體便從海底深處浮出水面，眼前似乎是一個不同的世界，比較像是人間的景色。火車慢了下來，切入一條鐵路，鐵軌旁的小鎮房屋舊舊窄窄的，貼著白鋁壁板。

「準備好喔！」男孩擊破前方車窗，玻璃碎成千萬片，飛得老遠。他猛拉煞車手把，火車發出尖銳的聲響，緊急停下，他和安妮從破掉的窗口飛了出來。

「嗚－呼──」男孩邊飛邊歡呼：「是不是很酷啊？」

轉眼間，他們就站在軌道旁，連降落或撞擊都省了。

「哼，我覺得很酷。」男孩嘀咕。

§

四周安靜下來，火車不見了。四周的樹木光禿禿的，地面覆滿落葉，景色倏忽變得如老片風格那樣復古。

請告訴我，安妮心想，**我真的被搞糊塗了**。

「告訴妳什麼？」

什麼都好，我為什麼會在這裡？**你為什麼會在這裡**？

男孩說：「我在這裡是因為，所有人第一次來天堂都會和生前認識的五個人重逢。這些人出現在妳的生命裡，總是有原因的。」

什麼原因？

「妳要自己找答案。這些人教了妳一些事，但妳生前並不明白。透過他們，妳才瞭解到自己經歷過的事件有什麼意義。」

所以說，你就是我在天堂遇見的第一個人嗎？

「妳聽起來一點都不激動耶。」

抱歉，只是——我不認識你。

「話別說得這麼肯定。」

男孩伸手在安妮眼前揮了揮，轉眼間她的臉龐又出現了。安妮摸摸自己的臉頰。

你做了什麼——

「放輕鬆，我身上沒長蝨子。妳看好喔，接下來這段很重要。」

他指著火車鐵軌，安妮的視線能看到極遠處。她看見遠方又開來另一列火車，火車頭噴著蒸汽。有個男童在火車旁奔跑，想要追上火車。他伸出雙手，步伐跌跌撞撞，稍事調整後又跑了起來。安妮覺得他有點眼熟：黑髮、焦糖膚色、條紋衫、牛仔吊帶。

慢著，這小孩是你？

男孩說：「比較小、比較笨的我。」

你在幹嘛？

「我想要飛起來。我心想：『我要抓住火車把自己掛在上面，像風箏那樣飄起來。』」男孩聳聳肩。「我那時候才七歲。」

男童跑著跑著，又跳了一次，但失敗了。最後一節車廂即將開走，男童咬緊牙關，繃緊雙臂，跳了最後一次。這次他的手指勾住了車尾的扶手。

但他只勾住了一會兒。

高速行駛的火車把他手臂扯斷，男童摔落地面，恐慌驚叫，袖口沾滿鮮血。斷肢掉在鐵軌上，滾到碎石子上，染紅了那些石礫。

男孩看著安妮。

「好痛啊。」他說。

星期天，早上十點三十分

托伯特在收據上簽名，櫃台後的女子撕下副本交給他。

「都好了。」她說道。

托伯特等修車廠的人把妻子的車開過來。稍早他回家一趟，輕輕把她推醒。

他低聲說：「我等一下就回來。」

「嗯？」

「妳的輪胎沒氣了。」

「……是喔？」

「我去買新輪胎。」

「……喔好……」她翻了身。「路上小心。」

托伯特看著掛在修車廠牆上的輪胎，想到前晚停下來幫忙的新人。新郎穿著禮服替他換輪胎，還說是新娘叫他下來幫忙。真是個好人，個性也挺妙的。這個小意外讓托伯特覺得人性本善，他很久沒有這種感覺了。

修車師傅把車開來停好，坐在車上對他說話。

「跟新的一樣，備胎放在後車廂。」

托伯特說：「謝啦。」

他一上車就拿起手機，按下快捷鍵打給助理泰迪。

結果進入語音信箱。

他再撥一次，還是語音信箱。

他改打去辦公室。

也是語音信箱。

「吼，」他抱怨：「年輕人！」

托伯特瞥了照後鏡一眼，掉頭開走。他沒有回家，反而開往熱氣球乘坐場，剛才那股人性本善的感覺又消失了。

第一個功課

安妮盯著受傷的男童，他躺在枕木碎石上，少了一條手臂，血流如注。

為什麼要給我看這個？**這景象好可怕**。

薩米爾說：「對啊，我從來沒有那樣哭吼過，聽起來像狼嚎似的。」

你就是這樣死的嗎？

「本來會死，但是……」

他伸手指向某處。安妮看見有人從火車車窗探出頭來，是個戴黑色貓眼鏡框的中年女子。接著，她又把頭縮了回去。

火車減速後，大家跳下車，衝向男童，女子也跑來了。

她抓起男童的斷肢，脫下外套，緊緊包住。

薩米爾說：「跳到下一段吧，這一段很噁心。」

§

轉眼間，他們到了醫院的等待室。那裡的男人抽著菸，女人縫縫補補，人們拿起矮桌上的雜誌，不發一語。

男孩說：「現在是一九六一年，那是我媽。」他指著身穿紅外套的女子，她用雙手摀住嘴。「那是我爸。」他指著一個身著咖啡色西裝的大鬍子，頭髮跟薩米爾一樣黑。他抖著左腿，一副很緊張的樣子。安妮也看見了火車上戴貓眼鏡的女子。她站在角落雙手盤胸，身上少了外套。

醫生出現了，所有人都轉過頭。醫生吐了一口大氣，說了些什麼，接著便綻開笑容。薩米爾的父母相擁，起身跟醫師握手致謝。

此時畫面開始加速，好像電影快轉一般。一群人拿著照相機和爆出強光的閃光燈，男童躺在床上，父母站在一旁。

薩米爾告訴安妮：「我寫下了歷史紀錄。」

歷史紀錄？

「史上斷肢首度成功重植。」他笑道：「我雖然耍笨，但結局還不錯啦。」

安妮看著眼前展開的畫面：男童穿上外套，拿著橄欖球擺姿勢，離開了醫院。這些畫面都被攝影師和記者捕捉下來。

為什麼要給我看這個？

「因為妳也經歷過相同的過程。」

你怎麼知道？

「知道什麼？」

知道我發生過什麼事。

「這還用說。」他牽起安妮的一隻手。「我在場啊。」

§

薩米爾牽起她的手，兩人突然來到醫院走廊上。天花板上升，窗戶宛如玻璃紙在眼前攤開。

男孩說：「當初那些醫生使用的技術，後來成了標準流程。多虧我耍笨追火車，之後才能嘉惠許多傷者。」

安妮發現男孩的措辭變得複雜了。她看著他細瘦的鼻梁及蓬鬆凌亂的劉海。

你聽起來是這麼……

「怎樣？」

你**長大了嗎**？

男孩微笑。「被妳發現了。」

突然間，醫院走廊轟轟作響，兩人像被吸入水管裡，快速翻轉碰撞。條紋衫男孩的樣貌產生巨大的變化。兩人回到地面時，男孩已經成為中年男子。他黑髮往後梳，肩膀變寬，肚子把白袍撐得鼓鼓的。

剛才發生了什麼事？

「記得聖經上的一句話嗎？『我做孩子的時候，話語像孩子。』但我現在是大人了……」

你是醫生？

「我生前是醫生。後來我心臟病發作，還有高血壓。不要以為醫生比病人懂得照顧自己。」

他拉拉白袍，指著名牌。「妳看，『薩米爾』。也可以叫我薩米爾醫生。在天堂還保留頭銜，好像有點瞎。

「還有，剛才叫妳白痴，我很抱歉，因為我用小時候的樣子來迎接妳。我小時候還滿囂張的。」

安妮一陣頭暈。有點跟不上眼前的一切。她可以看出，現在他們來到另一家醫院；這裡的走廊比較明亮，牆上的裝飾品風格也比較新穎。

我們在哪裡？

「妳想不起來？」

怎麼想？**這不是你的記憶嗎**？

「記憶還是會交會啊。」

他們輕飄飄滑過走廊，進入單人病房。薩米爾靠近床上的患者，那是個一頭黃褐鬈髮的小女孩，左臂的繃帶從手肘一直纏到手指。

他問：「安妮，妳覺得怎麼樣？」

女孩張嘴，安妮感覺自己也跟著回答：「我好害怕。」

安妮犯了錯

那時她才八歲，正坐著火車前往露比碼頭。她穿著牛仔短褲，以及胸前印了卡通鴨圖案的萊姆綠T恤。坐在她身旁的是媽媽，再過去則是媽媽的新男友鮑伯。

鮑伯留著蓋住上唇的濃密小鬍子。之前的男友東尼總是戴著墨鏡，更之前的男友杜溫手腕上有刺青。這些男友都沒有好好跟安妮說過話，除非是她先問他們問題。

鮑伯在火車上牽起媽媽的手逗弄，卻被她推開。媽媽朝安妮的方向點了點頭，她不知道這舉動是否代表媽媽不喜歡鮑伯。

他們穿過露比碼頭的入口，穿過了頭頂的尖塔、宣禮塔和巨大的拱門。安妮注視著一幅圖畫，畫中的女子穿著高領洋裝，撐著陽傘，這個人就是露比，歡迎蒞臨樂園的遊客。自從爸爸離開以後，安妮和母親經常來露比碼頭，而且只有母女倆，沒有別人跟著。她們會騎旋轉木馬，喝冰沙，吃熱狗。母女的兩人時光很歡樂，可是最近卻多出了男友，安妮希望能回到過去那樣。

媽媽買了二十張園遊券，提醒安妮不要玩大人才能坐的遊樂設施，如雲霄飛車或佛萊迪自由落體。安妮點頭，這些規矩她都懂。她可以去美食部，可以玩碰碰車，也知道媽媽會跟鮑伯待在一起，下午四點才會回到她身邊，問她：「妳玩得開心嗎？」但她並不關心女兒是否真的開心。

下午過了一半，陽光正烈。安妮坐在遮陽傘下的桌子旁，覺得很無聊。維修器材的老伯經過她身旁。他身上的制服名牌寫著「艾迪／維修部」。他坐在走道對面，轉頭四處張望，好像在打量著遊樂設施。

安妮走過去，希望他的口袋裡有菸斗通條。

「你是艾迪．維修先生嗎？」

他嘆氣道：「叫我艾迪就好。」

「艾迪……」

「怎麼了？」

「可以幫我做……？」

她伸出雙手，彷彿在祈禱。

「小朋友，有話快說，我沒那麼多閒工夫。」

安妮說她想要一隻小動物。艾迪開始扭轉一根黃色絨毛鐵絲，然後便遞給她一個小玩意，看起來像是兔子。安妮開心接下，跑回遮陽傘下。

她拿著兔子把玩了一會兒，很快又感到無趣。現在才兩點，她走到遊樂園中央的攤位玩套圈圈，用木環套住玻璃瓶。玩套圈圈要一張園遊券，無論輸贏都有禮物可拿。

安妮丟了三次都沒套中，得到一個小袋子，打開來，裡面是木片做的飛機模型零件。她一片片組裝完，把飛機丟得高高的，飛機在空中飛了一圈。她又丟了一次。

這一次，飛機滑過遊客頭上，落在欄杆的另一邊，佛萊迪自由落體的基座就在那裡。安妮左顧右盼，周圍的大人擋住了她的視線，也沒注意到她。

她鑽過欄杆底下，撿起了飛機。

女人的尖叫聲傳來，所有人都往天空比畫著。

§

突然之間，薩米爾是誰、為什麼他們來到醫院，這一切都兜起來了。安妮的靈魂進入病床上童年的身體裡。她從童稚的眼睛往外看，扭動套上醫院黃襪的腳趾。

「你就是我的醫生啊。」安妮低低說道。

「妳的聲音回來了。」薩米爾說。

安妮清清喉嚨，想讓自己的聲調低沉一點。

「我的聲音聽起來很像小朋友。」

「在天堂，發展順序就是這樣。」

「我為什麼要從童年開始複習？」

「因為童年的一切和後來都有關聯。例如我在成長過程中，發現自己小時候很幸運，於是開始認真起來，念書上大學，再念醫學院，最後專攻斷肢重植。」

安妮瞇起眼。「重植？」

「『重植』聽起來很厲害，就是把身體斷掉的部分接回去。」

「是你把我的手接回去？」

「我和三個醫生合力。那時候妳只有幾小時可動手術，再拖就沒救了。」

安妮看著年幼的她，還有纏滿繃帶的手臂。

她說：「我記不得這場意外了。整件事都被我忘得一乾二淨。」

「這可以理解。」

「非常抱歉，我也不記得你是誰。」

薩米爾聳聳肩。「通常小朋友都會忘記自己看過的醫生啦，從接生的醫生開始就不記得了。」

§

安妮端詳著面前這張成熟的臉孔。下顎已經長滿中年贅肉，太陽穴周圍冒出白髮。黑色雙眼裡，依然藏著衝動男孩的影子。

安妮問：「如果我真的在天堂，不是應該見到上帝或耶穌嗎？或是遇見我認識的人才對啊。」

「慢慢來，妳不是在天堂隨便遇見五個人。這五個人在妳生前對妳產生了某種影響，這些人妳也許認識，也許不認識。」

「如果我不認識，要怎麼受到影響？」

「啊，」醫生拍拍手。「可以來上課了。」

他在病床邊踱步，望向窗外。

「安妮，妳說說看，世界是在妳出生後才出現的嗎？」

「當然不是。」

「沒錯，這個世界不是妳的，也不是我的，但人類總說要好好利用『自己的時間』。我們測量時間，比較時間，在墓誌銘上記錄時間。

「可我們都忘記了，自己的時間也是他人的時間。我們從同一個地方過來，也回去同一個地方。這就是萬物相連的意義。」

安妮看著眼前的白色床單、藍色毯子，看著小安妮重重包紮的手臂擱置在腹部上。就是從這個時候起，她的人生開始**失去意義**。

薩米爾繼續說：「妳知道嗎？幾百年前，人類想利用石膏和膠帶把鼻子接回去，之後他們還用紅酒和尿液保存受損的手指。重接人耳之前，先接兔耳做實驗。在我出生前不久，中國的重植醫生使用的縫合針，還需要兩天的時間來磨細呢。

「有些人非常難過，要是他們的至親晚個五十年出生，或許就不會因為斷肢而死了。他們送了命，卻也送給後人活命的機會。

「我小時候追火車真的是大錯特錯，但是醫生們利用知識拯救了我。而我改良他們的技術又救了妳。我們用一種全新的技術接合妳的手臂，提升動脈血流，效果很好。」

他靠近安妮，摸摸她的手指。她感覺自己的靈魂離開了小安妮的身體，回到一開始那輪廓模糊的形體上。

「安妮，妳要記得，我們都是踩在前人的肩膀上，才有所成就。受挫的時候，則是前人的智慧幫助我們振作起來。」

薩米爾脫下白袍，解開襯衫鈕扣，拉下襯衫一側，露出右手臂。安妮看見多年前留下的歪斜疤痕，現在只剩下乳白色的痕跡了。

「安妮，不管妳懂不懂，我們都是彼此的一部分。」醫生穿回衣服。「下課啦。」

安妮感到一陣劇痛，低頭一看，左手長回來了。這是她到天堂以來，首度感覺到疼痛。

薩米爾說：「不會痛太久的，只是要提醒妳——」

「要提醒我失去過什麼嗎？」她問。

「要提醒妳重新獲得了什麼。」醫生回答。

§

話一說完，兩人又回到安妮起初抵達的地方，一邊是白雪覆頂的山脈，另一邊是高聳的摩天大樓。火車的巨輪浮現，安妮看到有火車朝他們的方向開來。

「我想像中的天堂不是長這樣。」她說。

薩米爾說：「呃，天堂的模樣可以自己設定。我活著的時候，對火車非常抗拒，再也沒坐過火車。不過在這裡，我不需要再恐懼，於是就決定翻轉自己的設定。現在我想把火車開去哪裡都可以。」

安妮呆呆地看著他。

他說：「妳還搞不懂嗎？這裡不是妳的天堂，是我的。」

火車開到他們身旁。車門瞬間滑開。

「走嘍。」

「我們要去哪？」

「不是『我們』。我在天堂的這個階段已經結束了，但妳的課還沒上完。」

他敲敲車身，一腳踏上火車階梯。

「祝妳好運。」

「等一下！」安妮叫住他。「我死了。我原本想救我先生。他叫保羅，他活下來了嗎？告訴我這個就好。拜託你，告訴我，我有沒有救活他。」

引擎啟動了。

薩米爾說：「我不能說。」

安妮低頭。

「其他人要過來了。」

安妮問：「其他人？」

薩米爾還來不及回答，火車就呼的一聲開走了。天空轉為猩紅色，安妮和周圍的景色被吸進空中，隨著一陣狂風落在沙地上。

放眼望去是廣闊的滾滾黃沙。
半個人都沒有。

安妮犯了錯

意外發生三週後，安妮還是綁著繃帶，肩上掛著吊帶，讓手臂保持一定的高度。她坐在床上，幾乎無事可做。她不能去外面，而媽媽不知為何把電視插頭拔掉，電線也剪斷了。

安妮走到窗邊，看見媽媽羅琳在後院抽菸。她膝蓋上放著報紙，眼睛卻看著鄰居家的曬衣繩。安妮有時候覺得媽媽會躲著她、不願看她；或許父母想看到完美的小孩。安妮認真看著自己發腫的左手，真的很可怕。她已經不完美了。

她聽到樓下有聲響，有人在敲門。奇怪，通常不是都會按門鈴嗎？安妮走下樓，敲門聲再度傳來，力道不強，帶著試探的性質。她轉動門把。

前廊站著一個女人，身穿亮紅色上衣，塗著唇蜜，撲了粉餅的膚色均勻得很不自然。

「哇，」女子說：「妳就是安妮對吧？」

安妮點頭。

「寶貝，妳覺得怎麼樣啦？」

安妮咕噥：「還好。」

「我們很擔心妳喔。」

「為什麼？」

女人依舊帶著笑臉，往後招手，彷彿在叫某個隱形人走上前。

她問：「妳不知道自己很幸運嗎？」

「我不覺得啊。」安妮說。

「是喔？好啦，這也是可以理解。妳的手臂還會痛嗎？那個，我朋友等一下會過來，妳可以跟他——還有我，說說發生了什麼事嗎？」

安妮搞不清楚狀況，只看見一個男人匆匆過來，肩上扛著大台攝影機，還看見他身後有其他人也在奔跑。

女子說：「妳記得什麼就說什麼。妳去露比碼頭，然後——」

安妮後退，因為所有人都跑到前廊上，把鏡頭和麥克風推到她面前。突然有人拉住她的上衣，媽媽搶先一步擋在她面前，安妮聞得到媽媽衣服上的菸味。

「走開！」媽媽大吼：「我要去報警！我真的會！」

她甩門關上，怒氣沖沖地看著安妮。

「我跟妳說過什麼？不准應門！千萬不准！他們那些禿鷹！不准再開門了，有沒有聽見？」

安妮哭了起來。「對不起……對不起……」

媽媽也哭了。安妮衝到樓上，大力關上房門。現在的情況就是這樣，每天不是媽媽哭就是女兒哭，安妮好討厭這樣。她討厭自己的手，討厭自己的繃帶，討厭那些人裝模作樣接近她。露比碼頭發生的一切她都討厭，包括那些她想不起來的事情。

隔天一大早，媽媽就來喊醒她。

「起來，」媽媽已經穿了外套。「我們要走了。」

下一個永恆

安妮看著天空的顏色變深，轉為槍灰和摩卡褐。她的左手發痛，當初上天堂所感受到的輕盈已經消失了。現在她不覺得自己像小孩，比較像學生，充滿好奇心，什麼都想試試看，彷彿人在死後也會繼續成長。

安妮隻身一人在沙漠裡，看見不遠處有一小堆東西。除此之外，放眼望去只有荒漠而已。她用兩隻手支撐自己爬過去。

安妮靠近那一堆東西，眨眨眼確認自己沒看錯：眼前整齊堆疊著她的雙腳雙腿、手臂、脖子，還有軀幹。

那是她的身體，被拆成一塊塊。

怎麼回事？她心裡困惑，想要靠近，卻突然不能動了。手中的沙傳來棉花糖般的觸感。她四處張望，周圍浮現的寂寞慢慢扼住了她的呼吸。發生意外之後，寂寞的感受經常出現。她覺得自己被隔離、被放逐，什麼也不能做。但為什麼在這裡會有這樣的感受？天堂不該是所有痛苦的終結嗎？

她靜止不動。感覺上好像過了很久，全然的寂靜中響起一陣清晰的聲響，一下子音量就加大，一開始聽不清楚，後來卻愈來愈響亮。

不可能啊，安妮心想，**是狗在叫**？她沒聽錯，又傳來一聲狗叫。接著，雜亂的狗吠聲嘶吼成一團。

安妮回頭，看見沙塵揚起，左右都掀起了小型沙塵暴。接著一群狗（各類品種和大小都有）把她團團圍住，亢奮地吠叫，咬住她的肢體，拋向空中。

安妮摀住耳朵，大喊：「不要叫了！」現在她的聲音比剛才跟醫生講話時更低沉，卻對狗起不了作用。狗群齜牙咧嘴、狂亂嚎叫，把沙子撥得到處都是。

一隻咖啡色的拉布拉多銜住安妮的腳。「放開！」安妮大喊，把腳搶回來。「這是我的！」留著細長狗毛的阿富汗獵犬咬住她另一隻腳跑走了。「還來！」她大叫，抓住腳搖晃著狗嘴，搶了回來。

突然之間，好像所有的狗都接收到訊號那樣，嘴裡叼著她其餘的身體，往地平線那兒跑去。

「不要跑！」她聽見自己大呼小叫。

狗群回頭，好像要她跟著走。安妮看著什麼也沒有的沙漠，不管前方有什麼，一定都比這鬼地方有更多的答案。她把搶回來的兩隻腳放在面前，把自己撐上去靠在腳上，調整成類似站姿的模樣。

「好啦。」她自言自語。接著，便跑了起來。

安妮在天堂遇見的第二個人

長久以來，人類描繪出無數種死後的世界，無論如何，靈魂往往有人作伴。雖然活著的時候，我們總以各種方式孤立自己，來世卻一定有人相隨：那可能是上帝、耶穌、聖人、天使，或是至愛。孤獨的來生，沉悶得令人難以想像。

可能是因為這樣，安妮才會追逐狗群，儘管她根本不知道自己會跑去哪裡。她跟著狗群衝上陡坡，翻過山脊，下切山谷。頭上的天色又變了，從芥末色變成李子色，再轉成森林的綠色。眼前這些變化，以及她一開始見到的色彩，都反映出她人生的階段性情緒，在她複習生前記憶時重現當年的色彩。只是這一切，安妮不可能知道。

她一直追趕，追到狗群像輪輻似的四散開來。這裡的地面像棋盤一樣布滿了一塊塊的綠色草皮。每一塊草皮都立著不同的門片，有木門、金屬門、上了油漆的門、骯髒斑駁的門。有些門時尚，有些門復古，有些門是正方形，有些上方是拱形。狗都乖乖坐著，每扇門邊都有一隻坐著的狗，像在等著誰開門走過。

「安妮，」喊她的人在喘氣。「終於等到妳了。」

安妮回頭，看見一位氣質優雅的老太太，外觀看來八、九十歲，有一頭濃密的白髮，翹鼻子，下巴內收，一雙大眼顯得悲傷。她穿的毛皮大衣垂到膝蓋，脖子上的項鍊點綴著繽紛的寶石。

安妮問：「**妳**是誰？」

老太太感覺有點失落。

「妳不記得我了？」

安妮端詳著對方的笑臉。她臉上有皺紋，皮膚鬆垮垮的。

「妳是不是……」

老太太歪頭看她。

「我在天堂遇見的第二個人？」

「對。」

安妮嘆氣道：「抱歉，我也不認識妳。」

「好吧，畢竟我們認識的時候，妳日子也不好過。」

「那是什麼時候？我們一起做了什麼？如果妳也參與過我的生命，為什麼我怎麼都看不懂這一切？」

「喔……」

老太太踱起步來，好像在思考可能的答案。接著她抬頭看安妮，指著藍色地平線，那裡有一台車往她們這裡開來。

「我們去兜風吧。」

§

轉眼間安妮上了副駕駛座，車上只有她一人，車子並沒有人開，卻能自己加速穿過朦朧的迷霧和刺眼的陽光。老太太跟在車子旁奔跑，從車窗看進去。

安妮扯開嗓子：「妳不用上車嗎？」

她也大聲回答：「不用，我可以！」

最後車子終於停下來（安妮不知道天堂的時間如何流動，每件事都在轉眼間發生，卻又剎那如同永恆）。安妮下車，老太太站在她旁邊喘氣。眼前是一處沒鋪設地面的停車場，旁邊有棟平房建築，掛著藍白招牌，寫著「佩圖馬郡動物救援庇護所」。

「我記得這裡。」安妮低聲說：「我家的狗就是從這來的。」

老太太說：「沒錯。」

「克莉歐。」

「嗯哼。」

「妳住過這裡？」

「住過一陣子。」老太太坐下。「妳還記得什麼？」

§

安妮還記得，她本來都住在同一棟房子、同一條街，但是她和媽媽突然離開熟悉的一切——她們上車加速離開，東西都裝進行李箱或黑色大垃圾袋裡，後車廂關都關不上，只得用彈力繩綁著。

車子一連開了好幾天，她們三餐都是在加油站或速食餐廳裡解決，睡也睡在車上。後來，她們終於來到一個叫亞利桑那的地方。在那裡，她們有一陣子睡在路邊的汽車旅館，客房內鋪著淡綠色地毯，電話機還被鎖住。

之後，母女倆住進一輛拖車。拖車停在沒有樹木的停車場裡，裡面還有其他拖車。她們吃、睡、洗澡、洗衣服都在車上。即使外出也只會去超市、當地圖書館（幫安妮借書）和醫院，安妮在那裡換繃帶並調整夾板。她的左手還未完全恢復，有時候指尖也會失去知覺。她在想下半生會不會都是這樣，只能單手拿東西，用手肘把門撐住。

這個時候，她要遵守的規矩也愈來愈多了。她不可以一個人去公園玩，如果穿襪子就不能走路（免得滑倒）。溜滑板太危險，爬樹或去玩遊樂設施也不安全。安妮大多數時候都在看圖書館借來的書，把翻開的書頁塞進左手底下壓住，再用右手翻頁。

某天早上，羅琳帶著安妮去法院簽署文件。

安妮問媽媽：「為什麼要簽這個？」

「因為我們要改名字了。」

「我以後不叫安妮了嗎？」

「只改姓而已。」
「為什麼要改？」
「這不重要。」
「為什麼不重要？」
「待會再解釋。」
「待會是什麼時候？」

§

待會就是永遠。安妮在拖車裡住了好幾個月，過得愈來愈慘。亞利桑那很熱，拖車停車場裡都是無趣的老人。羅琳不跟鄰居聊天，也不准安妮去閒聊。晚上安妮聽媽媽在臥室哭泣，聽著聽著她就生氣了。

她心想，**受傷的可是我**。

於是無聲的憎恨開始滋長，安妮的孤單感因此蔓延，讓她愈來愈不好受。羅琳愈常哭泣，安妮就愈不知道該跟她說什麼。

有好一陣子，母女倆幾乎都不講話。安妮心裡氣著，便開始不守規矩，只要媽媽不在家就偷溜出去。她在書上看到可以用落葉生根的方式種花，於是把剪刀藏在衣服裡，偷剪鄰居花園的樹葉，埋在小洞裡用紙杯澆水。她澆了好幾個月，看看有沒有可能發芽。要是聽見車聲，便立刻躲回拖車裡。

某天下午，她動作太慢。剛好媽媽下班回家，看見安妮把門關上。

隔天，門從外頭被鎖上了。

日子就這樣過下去。某天晚上，在拖車裡的小廚房吃飯時真的好安靜，安妮都聽得見羅琳咀嚼食物的聲音。

安妮問：「我會再回去上學嗎？」

「最近不會。」

「為什麼？」

「我要忙工作。」

「但我在這裡誰也不認識。」

「我知道。」

「什麼時候才要回家？」

「不回去了。」

「為什麼？我都沒有朋友！我要回家！」

媽媽吞下食物，安安靜靜地站了起來，把盤子裡的食物刮進水槽裡，走幾步進了臥室，關上房門。

隔天早上，她很早就把女兒叫醒，做了起司炒蛋給她吃。她把炒蛋倒進安妮的盤子，什麼也沒說。等她吃完，羅琳宣布：「我們要去兜風。」

外頭下著小雨，一路上安妮手抱在胸前，噘著嘴。最後車子開進一處沒鋪設地面的停車場，旁邊有棟平房建築，掛著藍白招牌，寫著「佩圖馬郡動物救援庇護所」。

她們走進去。安妮聽見狗叫聲，眼睛一亮。

她問：「我們要養**狗**嗎？」

媽媽停住腳步，她板起的面容似乎瞬間被瓦解了，她咬住嘴唇藏住眼淚。

「媽媽，妳怎麼了？」安妮問。

「妳剛才笑了。」她媽媽說。

§

那天，安妮走過幾十隻狗狗身旁，有些是救來的，有些是被棄養的。她看見狗在籠門旁又跳又抓。經營動物救援庇護所的女子告訴安妮，想挑哪一隻都可以，於是安妮仔細挑選，逗弄好幾隻狗，讓牠們舔她的臉頰和手指。走到最裡邊，她看到三隻巧克力牛奶花色的小狗被關在同一個籠子裡。兩隻衝到門邊站起來叫，第三隻狗躲在後面，脖子旁邊圍著像喇叭的罩子。

安妮問：「那是什麼？」

女子說：「伊麗莎白頸圈，這樣牠才不會亂咬或亂舔。」

羅琳問：「咬或舔什麼？」

「傷口。我們發現牠的時候，需要幫牠動手術。」女子晃動著鑰匙圈。「說來話長啊。」

羅琳碰了碰安妮的肩膀。「走吧，寶貝，看別隻吧。」

但是安妮看得出神，對眼前這隻母狗很有感覺；她跟安妮一樣，都受了傷。安妮歪頭，狗也歪著頭。安妮嘟著嘴發出啾啾聲，狗便往前走。

女子問：「想跟狗玩嗎？」

媽媽厭惡地看了她一眼，但她還是打開籠子。

她說：「來吧，克莉歐，有人想看妳喔。」

§

安妮對老太太說起自己的故事，那些畫面也同時在眼前重現。動物救援庇護所的女子留著銀色挑染的長髮，穿藍色牛仔褲、黑球鞋、褪色的法蘭絨襯衫。她帶著大大的微笑，將戴著頸圈的狗狗交給安妮。

安妮問：「那就是妳嗎？」

老太太說：「對。」

安妮四處張望。

「我媽呢？是她帶我來這兒的。」

「安妮，這裡是妳的天堂，剛好也跟我的交錯，其他人不會在這裡出現。」

安妮聽她這樣說，先露出為難的樣子，接著做好準備。

「我是不是對妳做了什麼？」

「嗯，對。」

「我是來這裡彌補什麼嗎？」

「彌補？」

「彌補我的過錯，各種過錯。」

「為什麼妳會覺得是妳犯了錯？」

安妮沒說出心裡的想法，她覺得自己的一生就是在犯錯。

老太太說：「跟我聊聊克莉歐吧。」

§

後來有將近一年的時間，這隻米格魯混波士頓㹴的小狗，成為安妮的重要玩伴。羅琳只能找計時工作，在汽車工廠做早班。安妮一醒來她就出門，下午才回家。安妮很討厭每天早上都必須打電話告訴媽媽，自己已經吃完早餐了。

她尤其討厭掛掉電話後變成自己一個人的感覺。克莉歐來了之後，拖車裡終於有了其他生命存在——一個毛茸茸、腳邊高度的生命。牠的咖啡色耳朵晃來晃去，嘴邊的弧線像是掛著微笑。

從動物救援庇護所回來後的隔天，安妮倒了一碗穀片給自己，也倒了乾狗食給新朋友。她看到克莉歐戴著頸圈，吃相笨拙，肩膀附近的傷口還未褪紅。牠怎麼會受傷呢？安妮心想，牠是不是撞到什麼尖銳物品，還是被其他狗攻擊？

克莉歐吃不到狗食，嗚咽一聲。安妮不能把頸圈拆掉，媽媽已經交代過六遍了。但是狗狗看著安妮，好像要她出手解救的樣子。安妮一陣心酸，靠過去用沒受傷的右手拆掉頸圈。克莉歐馬上衝向飼料碗。

吃完狗食後，安妮拍拍自己的大腿。克莉歐便爬過來，鑽到她腿上，聞聞她被夾板夾住的手指。就算把狗撥開，牠還是會回來看她的傷口，用嘴巴頂，用舌頭舔。

安妮問：「你想看嗎？」她解開手臂的吊帶。克莉歐舔她手腕處的皮膚，發出嗚嗚聲。安妮的內心翻動了一下，好像這隻狗能理解她，牠不僅是隻狗而已。

安妮低聲說：「還是會痛喔，而且我根本不知道自己發生了什麼事。」

說完她發現自己在哭。或許是因為她把話說出來了，**我根本不知道自己發生了什麼事**。安妮哭得愈凶，狗也嗚咽得愈厲害，抬起頭把她的淚水舔掉。

「妳知不知道，」站在安妮身旁的老太太開口說話：「如果狗同時看見有人哭、有人笑，牠會先去哭著的人身旁？要是身邊的人難過，狗也會跟著難過。牠們天生就是這樣，很有同理心。

「其實人也有同理心，卻被其他因素壓抑。人有自尊又自憐，以為自己痛了就該馬上得到安慰。狗不會這樣想。」

安妮看著小時候的自己用臉頰摩擦克莉歐的嘴巴。

「我那時候真的很寂寞。」她低聲說道。

「看得出來。」

「我熟悉的一切都消失了。」

「很遺憾。」

「妳也有過這種感受嗎？」

老太太點頭。「有過一次。」

安妮問：「什麼時候的事？」

老太太指向拖車窗戶。

§

安妮走過去，並沒有看到窗戶外頭的景色。從窗戶望出去，看到的是廢棄房屋中的漆黑房間。房裡沒有家具，窗戶玻璃破碎，後面的牆壁被噴上塗鴉。安妮看到角落裡有一雙眼睛，眼神中僅有一絲光芒。原來那是體型稍大的狗媽媽，躺在髒兮兮的地上，幼犬在牠身旁推著牠的肚皮。

老太太說：「牠在一週前生下小狗。」

「牠怎麼會在這屋裡？」

老太太還來不及回答，砰的一聲門就被撞開，兩個男人提著啤酒跌跌撞撞闖進來。他們身穿T恤、牛仔褲、靴子，其中一個戴著滑雪帽。兩人聽見狗媽媽發出低吼聲，往後退了一步。

戴滑雪帽的男子身體茫了一會兒，接著從牛仔褲後方掏出手槍。

「不可以……」安妮低呼。

他開了三槍，每一發子彈都噴出一小團橘光，他還開懷大笑。兩人大口喝啤酒，再度開槍。再射五槍之後，兩人搖搖晃晃走出房門。

安妮問：「這是怎麼了？到底是**怎麼了**？」

老太太轉頭不看。安妮聽見外頭傳來模糊的笑聲，角落則傳來哀鳴與刺耳的小狗叫聲。她看見幼犬抓著失去生命跡象的媽媽，忍不住落下了眼淚。

「他們把牠打死了？」

「還打死了一些小狗，最後剩三隻。」

「可憐的媽媽。」

「嗯，這是我最後一次見到媽媽。」

安妮眨眼。「妳剛才說**什麼**？」

老太太解開外套領口，傾身露出肩上的槍傷。她摸摸安妮淚濕的臉頰。

「以前我為妳哭泣，如今妳也為我哭泣。」

安妮犯了錯

她穿上T恤，給克莉歐繫上牽繩。

「走吧，狗狗。」

從自由落體意外發生，到現在已經八個月了。安妮不用再纏繃帶，克莉歐也不用戴頸圈了，牠的傷口附近已經長出新毛，但安妮的手仍布滿紅色疤痕，血液循環不佳，讓膚色變得不均勻。她的手指會不受控制地蜷曲起來，變得像雞爪那樣。安妮希望自己可以跟狗一樣，傷口好了就長毛蓋住。

「跟我走吧。」安妮跳上腳踏車。「不可以超過我喔。」

照理，沒有媽媽陪著，她就不該騎車，也不能把狗帶出拖車停車場以外的地方。但是經常一個人獨處太悶了，她想到很多變通方式，而且她也想看看外面。

「走吧，狗狗，出發嘍。」

她踩動踏板，克莉歐輕快地跟在旁邊奔跑。騎腳踏車時，安妮大都能單手控制車頭，這是她新開發的技巧。一人一狗通過一小片樹林，騎過馬路，穿過一些樹籬。安妮停車，把腳踏車架好。

她走下一個小丘，克莉歐跟在她身旁。安妮走到柵欄前，用手指勾住欄杆之間的環節。眼前是一間小學，快要下課了。安妮知道，因為她之前來過。

鐘響了，小朋友從門後衝出來，在盪鞦韆附近四散開來。有些人跑去踢球，大家聽起來吵吵鬧鬧很開心。安妮蹲得更低，看見兩個跟自己差不多年紀的小女生漫步到建築物的另一邊。其中一人留著金色直髮，穿著黑色牛仔褲和粉紅色球鞋。安妮希望自己也有那種鞋子。

「待在這裡。」安妮低聲吩咐，把克莉歐的牽繩綁在柵欄上。狗狗出聲抗議，安妮噓牠一聲，便踮著腳尖離開。

她沿著柵欄周圍走，來到一個轉彎處，地面鋪著落葉堆肥，被灑水器噴得濕濕的。她看到方才那兩個女孩子。她們斜倚在牆上，其中一人從口袋掏出什麼，塗在另一人嘴上。是口紅嗎？安妮很好奇，爬到樹樁上想要看得更清楚。兩個女生看著什麼在做鬼臉，是在照鏡子嗎？安妮想知道她們搽什麼顏色的口紅。

突然間，她們往安妮的方向轉過來。她失去平衡從樹椿上掉下來，左手先著地，一陣刺痛傳遍全身。潮濕的落葉黏在她手臂上。她保持不動，生怕她們會走過來。

最後上課鐘響了，大家的聲音消失。安妮緩緩起身，手腕抽痛，她拖著腳步走回剛才綁狗的地方。

等她回到那裡，狗卻不見了。

她心跳加速。「克莉歐！」她大喊：「克莉歐！」

她沿著柵欄跑，沒看到狗。再跑回來，還是沒看到。她跑上山坡去到停腳踏車的地方，再次落空。之後，她花了一小時在附近街道上狂繞，邊哭邊喊狗的名字，祈禱她會聽見狗吠聲回應。

最後，安妮想起媽媽就快回來了，只得騎車回家，一路忍不住啜泣。騎回拖車旁，她停了下來，深深呼了一大口氣。眼前坐在門邊的，就是克莉歐，牽繩像皮革做的蛇被拖在一旁。

「喔，克莉歐，過來！」安妮喊道。狗狗衝了過來，跳進她懷裡舔她的耳朵，舔掉她手臂上的落葉。這樣好多了，安妮心想，有一隻愛我的狗，看到我就會開心。這隻狗好過那些女孩，好過她們的爛口紅，好過這禮拜的每一天。

第二個功課

安妮看著身穿外套的老太太。

「妳就是……」

「我就是克莉歐。」

「可是妳是**女人**。」

「我想說變成這樣會比較方便。」

「剛才看到動物救援庇護所的女人，我問妳是不是她——」

「她那時候抱著我，妳問『那』是不是我，我以為妳就是在問我。抱歉，講者無心，聽者有意。」

安妮打量著老太太鬆垮的皮膚、翹鼻子，以及牙齒之間的縫隙。

她低聲叫喚：「克莉歐。」

「沒錯。」

「我們竟然能溝通。」

「我們一直都能溝通啊。我餓的時候，妳不是都知道嗎？妳也知道我會不會害怕，想不想出門啊。」

「我都是用猜的。」安妮說：「妳呢？我跟妳說話的時候，妳都聽得懂嗎？」

「我聽不懂妳的話，但聽得見妳的心。狗跟人聽聲音的方式不同；我們能聽出聲音裡的情緒，從妳的聲音聽出憤怒、恐懼、輕快、沉重，也能從妳身上聞出妳今天過得怎樣，聞出妳吃過什麼、妳幾點洗澡。還記得妳以前會把媽媽的香水噴在手腕上嗎？妳都偷偷溜進她房間，坐在鏡子前面伸手給我聞。」

安妮深深看進克莉歐的眼睛，回想她本來的模樣，她的巧克力牛奶花色，瘦瘦垂垂的耳朵。她想起克莉歐說起的事情，也想起變老的克莉歐，甚至回想起克莉歐過世的那天，她坐媽媽的車去獸醫那裡，克莉歐動作遲緩，躺在她的腿上緩慢呼吸。但安妮並不明白，現在重拾這些回憶又能怎樣？

安妮問：「克莉歐，為什麼妳會出現在這裡？」

「我來給妳上課。在天堂遇到的靈魂都會給妳上課。」

「動物也有靈魂？」

克莉歐看起來很吃驚。「為什麼沒有？」

§

周圍的景色突然變了。她們離開拖車內部，離開狗媽媽死去的廢棄房屋，飄到淡綠色的空中，底下有一張巨大的床墊，鋪著橘色床單，墊著粉紅色枕頭，看起來跟小山丘一樣鼓鼓的。

「等等，」安妮說：「這是我以前的床……」

「沒錯。」

「怎麼這麼大？」

「在我眼中看起來就是這麼大。妳喊我的時候，我都要助跑才跳得上去。」

「妳為什麼——」

「因為寂寞。安妮，我來這裡是要跟妳解釋，妳因為寂寞吃了很多苦。妳因為寂寞而折磨自己，但妳從來不瞭解寂寞是什麼。」

「寂寞有什麼好瞭解的。」安妮打斷她。「寂寞很可怕。」

「有時候並不可怕。如果妳不寂寞，還會在動物救援庇護所選中我嗎？我們第一天相處，妳就幫我拿掉頸圈讓我吃飯嗎？因為妳寂寞，所以我才有家，才會幸福。

「妳記得我剛才說的同理心嗎？同理心是雙向的。我受傷了，跟別人不一樣。而妳也覺得……」

安妮瞥了一眼自己懸空的左手。

「也覺得受傷。」她低語：「跟別人長得不一樣。」

「還有呢……？」

「孤單。」

老太太對著巨大的枕頭點點頭。安妮眼前浮現無數個童年的夜晚畫面，那時她都和最愛的夥伴共眠。

克莉歐說：「妳並不孤單。」

§

風景再度轉換，變回之前安妮看到的棋盤草坪，許許多多的狗兒在門邊耐心等待。

克莉歐問：「妳有沒有想過地球上有多少生命？有人，有動物，有鳥、魚、樹木，怎麼會有人覺得寂寞呢？但人類就是會寂寞。這真的很可惜。」

她望向天空，天色轉為深紫色。「安妮，人會寂寞，但寂寞本身不存在，也沒有形體，不過是一抹籠罩我們的陰影。光線改變的時候，影子也會產生變化；要是我們理解了真相，難過的情緒也可能會消散。」

安妮問：「什麼真相？」

「有人需要你的時候，寂寞就結束了。」老太太露出微笑。「世界上充滿了各種需要。」

§

話才說完，草坪上的門扉隨之敞開，門後有數不清個哀怨的臉龐，有撐著枴杖的孩童、坐輪椅的成人，還有制服沾滿泥土的軍人、戴面紗的寡婦。安妮感受到這些人都需要某種形式的安慰。狗兒跑向這些人，搖著尾巴。牠們對這些悲傷的人又舔又聞，他們也把狗兒擁入懷中緊緊抱著。哀怨的臉龐轉成充滿感激之情的笑臉。

克莉歐說：「這是我的天堂。」

安妮問：「妳在這裡看著那些人回家？」

「我在感受他們的喜悅。靈魂重聚，很神聖啊。」

「但這種事每天都有。」

克莉歐歪著頭問：「神聖的事，不能每天都發生嗎？」

安妮看著人狗相會，心裡一陣遺憾。因為她現在懂了，天堂裡除了自己以外，一定還有其他人。但是她的天堂沒有保羅——她最愛的那個人。這樣她怎麼會甘心？

「安妮，妳怎麼了？」

「我丈夫，我想讓他活下來，不知道有沒有成功。我只記得手術室中，有雙醫生的手放在我肩上，跟我說『待會見』，然後就沒了。」安妮幾乎是語無倫次。「就算我死了也無所謂，只要他活著就好。誰能告訴我，我的生命沒有白白浪費。」

老太太微笑。

「為別人付出，絕對不會被浪費。」

§

話才說完，克莉歐對著最後一扇門點頭示意。門開了，安妮看到九歲的自己跳下腳踏車抱住克莉歐，那天她還以為自己失去了狗狗。

這個時候，克莉歐往安妮身上一靠。突然有一陣暖意從她的指尖和手掌傳來。安妮的手腕出現了，然後手肘、二頭肌、肩膀也隨之浮現。

「我的手臂，」安妮驚呼：「都長回來了。」

克莉歐低語：「這樣才能擁抱妳珍愛的人事物。」

克莉歐重新投入安妮的懷中。她的身體產生了變化，身上的大衣變成毛皮，腿彎了起來，耳朵和口鼻拉長，變回生前的模樣。安妮把她舉起來，說：「克莉歐，這就是妳以前的樣子啊。克莉歐！」

安妮的腦海裡浮現許多回憶：克莉歐跟在她的單車旁奔跑，偷吃她盤子裡的披薩，翻肚子給她摸。安妮感受到一股多年來未曾體會的喜悅。經過漫長時光，以及許許多多的失望和失落之後，安妮又能重新把老狗擁入懷中。或許克莉歐說得沒錯；重逢都是上天賜與的機緣。

「好狗狗。」安妮低喚著。克莉歐舔她臉頰，那動作帶著感激之情。「乖狗狗。」她閉上眼睛，陶醉在過去的感動裡。

再度睜開雙眼的時候，她的懷中什麼也沒了，再度成為孤單一人，站在沙漠裡。

星期天，早上十一點十四分

托伯特氣壞了，他一直打給助理泰迪，打了將近一個小時，還是沒回音。**你怎麼可以不接電話？如果我是客人怎麼辦**？托伯特發誓，如果再見到泰迪，一定會開除他，雖然說這陣子要找熱氣球飛行員還真不容易。

托伯特進這一行算是晚的了，他五十二歲退休離開海軍之後，才進入熱氣球的行業。他當過飛行員，儘管被人家嫌老、沒辦法再飛，但他對飛行的熱情依舊未減。熱氣球跟戰鬥機差多了，卻能讓托伯特飛上天，他可以像之前那樣運用相關知識，分析天氣和風向，檢查儀器。托伯特也喜歡獨立完成工作的感覺。

哼，有時候還是得靠別人。泰迪的不負責任讓他生起悶氣，**真的沒法全靠自己**。

他開著太太的車子轉進泥土路，距離放置熱氣球設備的穀倉還有好幾哩。他瞇起眼睛，緊急煞車。

前方有四輛警車擋住去路，警車燈光閃啊閃的。
一名警員揮手要托伯特開進去。

下一個永恆

強風捲起沙塵，安妮往上升起，身邊的天空翻滾著猩紅與玫瑰色。她轉了又轉，彷彿錶鍊末端的懷錶。接著安妮反擊了，這是她來到天堂後第一次採取行動。她揮動手腳，好像要掙脫魚鉤似的。她踢動重新長回來的雙腿，最後一踢的力道把她從天上震了下來。

她往下墜，穿過天際，穿過珊瑚色的雲層。她看到底下有一座粉紅色的大島，島的周圍如車輪的輪輻般，向外延伸出五座半島。她準備好迎面接受撞擊，但在最後一刻，一股力量讓她翻過身，背朝地面緩緩降落。

她躺在粉紅色的雪堆裡。

「喂——」安妮大吼，她聽見自己的回音帶著少女的音質。「有人在嗎？」

她揮動雙手雙腿，確定手腳還能作用，接著便站起身，覺得現在的體感年齡增加了，身體變得更有力；彷彿隨著天堂之旅的推進，她也重新建構自己在人間的模樣。她的思想隨之成熟了，而且心中冒出一股無明火，那是年輕人特有的不耐煩。她想要有人回答她。

她往下看冰凍的粉紅色地面。

她在降落地點留下的痕跡，成了一個雪天使的形狀。

§

安妮四處張望。會有人來迎接她嗎？她邁出步伐，晃動膝蓋把雪堆弄鬆，加快速度跑了起來。她突然想起自己童年的冬季。在回想的那一瞬間，她就穿上了兒時的桃紅色外套、雪靴、黑色滑雪褲，彷彿她是憑著記憶的力量穿上這些衣服。

放眼所及都是雪地。天空發散一道道的肉桂色光芒。安妮朝半島跑去，直到用盡力氣。她閉上雙眼，釐清思緒。

再度睜開雙眼時，看見剛才的雪天使又出現在眼前。只是這次臉部有些許凹陷，出現兩隻眼睛往外看。

安妮稍微挪動身子，那雙眼睛也盯著她看。

安妮帶著遲疑的口氣問：「妳在等我嗎？」

一陣回音傳來：「妳在等我嗎？」

安妮左顧右盼。

她問：「我認識妳嗎？」

回音再度傳來：「我認識妳嗎？」

安妮彎腰瞇著眼查看，那雪天使也瞇起眼來。安妮不禁縮起身子，發現那雙眼睛是她每天在鏡中看慣的雙眼。

她問：「妳就是我嗎？」

沒有回應。

「說話啊妳。」

那雙眼睛往上瞪著她。

「妳在看什麼？」

話才說完，粉紅雪堆轟隆作響，大島周圍的五座半島隆起，像手指那樣併攏。安妮發現這不是一座島嶼，而是巨人的手掌。

「嗨，寶貝。」

安妮打了一陣寒顫。**不要……**她心裡才這麼想著，就馬上聽出聲音的主人。她順著雪天使的眼神往上看，天空浮現一張安妮熟悉到不能再熟悉的臉龐。

「媽？」安妮細聲細氣問道：「是妳嗎？」

安妮犯了錯

安妮十二歲了，開始上中學。她盼著中學生涯會比小學好上許多。之前羅琳終於幫安妮註冊時，小學三年級都過了一半，安妮成了大家口中的「新來的」。第一天上課，老師發美術用具時，安妮沒辦法用左手牢牢握住，結果在全班面前失手把東西摔在地上。其他同學都笑了。

「同學們，」老師語帶提醒：「不要因為有人比較特殊，就用特殊的方式對待他們。」安妮知道同學聽了反而會更故意。她開始感到不自在。

好幾週過去，她想要交些朋友，有時還會送禮物給同學。她偷拿家裡的巧克力餅乾，趁下課發出去。有一天，她聽到有女生在討論藍色小精靈，跟媽媽去採買時，便順手偷了一盒小玩偶藏在衣服底下。後來她也把這些東西送人了。某位老師發現之後，打電話通知安妮的媽媽。媽媽覺得很丟臉，把安妮拖到店裡，逼她跟店經理道歉。

四年級一整年到五、六年級的大多數時間，安妮都要戴著夾板，防止指頭彎曲。手上的醜陋紫色疤痕經常吸引他人的注意，安妮也養成習慣，盡量把左手藏起來——擱在背後，插進外套口袋，用筆記本遮住等等。儘管亞利桑那很熱，她還是穿著長袖。

媽媽堅持安妮每天必須做好幾次手指復健，用大拇指碰觸其他四根手指，就像在做OK手勢一樣。安妮在自己的座位上做著這些復健動作，希望不要被人瞧見。可是有一次，她跟崔西起了爭執。

「OK，安妮，OK！」崔西大叫，還模仿她的手勢，其他人都笑了起來。安妮從此就成了「OK安妮」，大部分同學也都那樣叫她。

除了保羅。那是安妮跳青蛙遊戲認識的男孩，他從來不會那樣叫安妮。在他身邊，安妮覺得很安心，她信任他。有一天在餐廳吃飯，他靠了過來，問都沒問就牽起她的左手。

「看起來沒有很糟啊。」他說。

「很噁心。」她反駁。

「我還看過更糟的。」

「在哪看到的？」

「在照片上看到的。有人被熊攻擊，傷口超噁的。」

安妮差點笑出來。

「我不是被熊攻擊。」

「對，因為亞利桑那沒有熊。」

這次安妮真的笑了出來。

保羅問：「妳會變回原來的模樣嗎？」

「你是說變得跟正常人一樣嗎？」

「嗯，如果可以的話，妳想變回去嗎？」

「開什麼玩笑，當然想啊。」

「很難講欸。」保羅聳聳肩。「受傷會讓妳變特殊。」

特殊就是問題啊，安妮心想。話雖如此，她依舊感激保羅同情她。更瞭解他之後，她發現他喜歡美式足球和太空話題。去圖書館時，安妮掃過一排天文書籍，終於找到其中一冊提到極光；保羅老是在講極光的話題。隔天上課前，她把極光的書放在他桌上。

「你看我找到什麼？」她說。

他抿嘴笑了。「這是什麼？」

「我剛好在看的書。」她翻到極光那一章。

保羅瞪大眼。「真的假的！」安妮心裡覺得暖暖的，把書推過去給他。

「給你看。」

「妳不是在看嗎？」

「你看完再給我看。」

「好耶。」他拿起書，又說了一句：「謝謝安妮。」

他沒有說「ＯＫ安妮」，只叫她的本名。

§

兩人都上同一所中學，安妮希望她會更常見到保羅，但媽媽依舊不放手，始終控制她的一舉一動。每天早上，她都親自送安妮上學，每天下午也把車停在校門口，還按喇叭喚她。安妮低著頭，四肢僵硬地走到車旁，其他學生一定都在笑她。

有一天放學後，安妮站在學校穿堂，從窗內往外看。有一群漂亮女孩站在校門外，全部背著紫色背包。安妮不想要媽媽當著她們的面按喇叭。

「在等她們離開嗎？」保羅問。

安妮抬頭，臉都紅了。「你看出來嘍？」

「走吧，我想跟妳媽媽說話。」

安妮還來不及反應，保羅就走出去了。他自信滿滿地邁步前進，安妮趕緊追上。她看見那群紫背包女孩望向她這裡。

保羅走到車子旁邊，探頭進車窗裡，伸出手來。「安妮媽媽，您好，我是保羅。」

羅琳遲疑了一下。「哈囉，保羅。」

「既然我跟安妮都讀這所新學校，我可以跟她一起走回家，妳就不用天天來載她了。我家也住很近。」

安妮心跳加速。保羅想跟她一起走路回家？

羅琳說：「謝謝你，但我們這樣很好。走吧，安妮。我們還要辦點事情。」

安妮不想走，不想打開車門。保羅替她開了門，她緩緩溜進去，心不甘情不願看他關上車門。

「安妮媽媽，如果妳改變主意……」保羅說。

車子開走了。

保羅扯開嗓子。「再見！」

安妮感覺皮膚一陣熱。她多想要跟保羅走路回家，但媽媽想也不想就拒絕了。

安妮怒問：「妳幹嘛對他那麼壞？」

「妳在說什麼？我哪有很壞？」

「妳明明就有！」

「安妮——」

「妳很壞！」

「他只是個男孩——」

「天啊，媽，妳為什麼要一直出現？我已經受不了妳了。妳都把我當成嬰兒來照顧！我沒有朋友都是妳害的！」

媽媽嘴唇緊閉著，彷彿想要大喊卻忍住了。她移動方向盤上的雙手，開口說道：「做復健吧。」

安妮在天堂遇見的第三個人

「媽？」安妮低聲叫喚。

母親的臉龐就是天空，就是安妮放眼所及的地方。安妮發現，現在說出「媽」這個字有多自然，但上次這麼自然地喊媽媽，已是多年以前的事了。

「哈囉，我的天使。」媽媽回應她，以前她都稱呼小安妮為天使。她的聲音深入安妮的耳裡。

「真的是媽媽嗎？」

「是啊，安妮。」

「我們現在在天堂裡？」

「是的，安妮。」

「這過程妳也經歷過嗎？見到五個——」

「安妮——」

「怎麼了嗎？」

「妳的身體怎麼只剩這樣？」

安妮看著自己的軀幹。穿上外套後，腰身那一截空白就更明顯了。她開口說話，聲音顫抖著。

「媽，我做錯事了。發生了意外。我們墜落……保羅……我想要救他。妳記得他嗎？他是我以前的同學。我們結婚，共度了一晚。然後，我們去坐熱氣球。都是我的錯——」

安妮說不下去了，垂著頭，好像故事的重量正緊壓著她。

羅琳說：「寶貝，把頭抬起來。」

安妮抬頭，看見媽媽的皮膚完美無瑕，嘴唇飽滿，濃密的頭髮從髮根黑到髮尾。安妮幾乎忘了媽媽過去有多美麗。

她小聲問：「妳怎麼會變得這麼大呢？」

「以前妳眼中的我就是這麼大啊。但現在妳應該來看我眼中的我。」

媽媽舉起五指山，把手掌和手中的安妮移動到自己面前。安妮跌跌撞撞走到媽媽眼前。媽媽的眼珠像深井，安妮整個人沉了進去。

§

一開始，孩子需要父母。之後，他們拒絕父母，最後，變得跟自己的父母如出一轍。

安妮跟羅琳也經歷過以上的階段。但是跟多數人一樣，做孩子的她，從來不清楚母親的犧牲。

羅琳遇見傑瑞的時候，她十九歲，他二十六歲。她在麵包店工作，他開麵包車。羅琳從來沒離家超過三十哩，她夢想脫離這裡的了無生趣，脫下她每天得穿的開高衩制服。某天晚上，傑瑞穿著呢絨外套，腳踏馬靴出現，邀她去兜風。他們駛過夜色，一路開到了東海岸。他們在海邊喝酒談笑，赤腳踏浪，用傑瑞的外套當地墊躺在沙灘上。

三週後，他們在市區的法院公證結婚。羅琳穿著佩斯利花紋洋裝，傑瑞穿上猩紅色獵裝。他們用香檳彼此敬酒，在海邊的汽車旅館度過一個週末，成天游游泳，在床上喝喝紅酒。他們熱情沸騰，卻也很快燃燒殆盡。一年後，安妮出生時，熱情已然消退。

安妮出生的時候，傑瑞不在。他出門去開夜間長途卡車，整整五天都不見人影。後來是羅琳的哥哥丹尼斯開車把她從醫院接回家。

丹尼斯憤憤不平。「真不敢相信他不在。」

羅琳說：「他會出現的。」

日子一天天過去，他並沒有出現。羅琳接到電話祝賀，朋友來探望她，問寶寶叫什麼名字。羅琳已經想好了，名字的靈感來自她的外婆。外婆時常說起安妮．艾德森．泰勒的故事。一九〇一年，六十三歲的老安妮爬進橡木桶，順著尼加拉大瀑布的水流直沖而下。這樣做並且活下來的人，老安妮可是第一個。

「真是個有**勇氣**的老太太。」外婆讚嘆。她提到「勇氣」的口吻，好像那很稀少、很珍貴的樣子。羅琳希望自己的孩子也很勇敢。其實是她希望自己能更勇敢。

傑瑞終於回到家是週二晚上，渾身酒氣。羅琳推著嬰兒搖籃，硬是擠出笑臉。

「這是我們的女兒，她是不是很漂亮？」

他歪頭。「要怎麼叫她？」

「安妮。」

傑瑞不屑地噗嗤一聲。

「像那部電影一樣？有什麼特別含義嗎？」

§

羅琳從那時開始覺得，養孩子的只有自己。傑瑞開卡車的工時更長了，常常一去就是好幾週，回家只希望誰也別來吵他睡覺，還要準時開飯。他稍微搭理妻子，就希望她全心全意地回應。每次安妮哭，羅琳都會抬頭去看，但傑瑞會抓住她下巴，把她的臉扳回來，嚷嚷著：「欸，我還在說話。」

好幾個月過去，他愈發易怒，動手也愈狠。羅琳覺得自己很窩囊，怎麼會愈來愈怕他，卻又對他有求必應，只求他不要抓她、推她。兩人在家從不外出，她老是洗碗、洗衣服。有好幾次她都在想，為什麼才幾年光陰，她的人生從開闊變得如此封閉。她經常思索另一種人生的可能。如果她當初不在麵包店工作，沒有遇到傑瑞，沒有上他的卡車，沒有急著結婚的話……

接著，她會責怪自己，怎麼可以想像一個沒有女兒的世界。於是，她抱起安妮，貼近她小小的身體、奶油般的臉頰，安妮則用小手臂環繞羅琳的脖子，如此她也就不再想著另一種人生了。

孩子就是具有這種解除防禦的能力，他們的需求會讓你忘記自己的需求。

§

安妮過三歲生日的時候，羅琳察覺到自己的婚姻不會一直持續。到了下一個生日，她更加確定。傑瑞離開家，不再只是因為工作。她質問他是否有別的女人，他會突然動手。羅琳忍耐著，是因為她心中懷有莫名的歉疚，誤以為她的女兒不管怎樣總是需要父親，不管那父親有多差勁。

然而，之前安妮不聽話開冰箱，被傑瑞當成出氣筒，一次又一次摑她耳光，那時羅琳心中湧出一股她也不明白的力量，把他轟了出去，還換掉家中門鎖。那晚她抱著安妮，眼淚流進女兒的鬈髮裡。安妮也哭了，因為她的媽媽正難過著。

離婚的過程一拖再拖。傑瑞聲稱自己沒在工作，於是金錢成了棘手的問題。羅琳在家接了打字工作。她知道安妮不懂為什麼爸爸不在了，只能盡力幫女兒打造一個愉快的生活環境。她叫安妮盡量跳舞、大聲唱歌；母女嬉戲著跑過草坪灑水器的水霧，玩桌遊一玩好幾個小時。羅琳還讓安妮在鏡子前塗粉紅色口紅，在萬聖節扮演她最喜歡的超級英雄角色。有好幾個月的時間，母女都睡在同一張床上，羅琳每晚唱著搖籃曲哄她入睡。

日子過去，羅琳因為無法應付帳單，必須出門工作。她請鄰居照顧放學後的安妮，自己回家時都已經累壞了。安妮開始睡在自己的房裡。後來，新的辦公室有人找羅琳出去約會，她很快就答應了，他們出保母費時她答應得更快。她的關係都很短，一個接一個，但沒有一個成功。她不停嘗試，只希望能改變人生。

後來，發生了露比碼頭事件。儘管她的人生終於有所轉變，卻完全不是她想要的那一種轉變。

§

在天堂，腦海中的畫面可以讓其他人看見。跌進母親眼裡的安妮，發現自己也陷進了媽媽的回憶裡，坐在她們第一個家中的後院餐桌旁。天色發白，曬衣竿上晾著床單和衣服，別人的院子裡也是這樣的景象。羅琳一副上班族打扮，高跟鞋、藍短裙、白上衣。她腿上放著檔案夾，手裡拿著文件。

「安妮，妳知道這些文件是什麼嗎？」

安妮還在想為何她們現在停在這一幕，她搖頭表示不明白。

「這是律師拿來的，寄件人是妳爸爸。」

安妮眨眨眼。「為什麼要寄？」

「妳出了事，他主張我有失母職，要爭取妳的監護權。」

「我的監護權？」

「而且由他全權撫養。」

「我都不知道有多久沒看到他了——」

「好多年了，我知道。但他想告遊樂園，要有妳在，他才告得成。他以為這樣可以海撈一票。只要讓他聞到錢味，他就絕對不會放棄。

「我也知道如果妳落入他手裡，會過怎樣的日子。我知道他有多暴力，所以我下定了決心。」

安妮看了臥室窗戶一眼，看到小時候的自己從窗內往外看。

「我記得這一天……那天記者來到家門前。」

「沒錯。」

「隔天早上我們就搬家了。」

「我從來沒告訴妳原因。」

羅琳放下文件。

「現在妳知道原因了。」

她起身把裙子拉平。

「這樣總算有個開始。」她說。

「開始什麼？」安妮問。

「開始說出我們的祕密。來，我還要給妳看樣東西。」

安妮感覺自己在媽媽身旁飄浮。下午的天色漸漸轉成暮色，她看見隔天，母女兩人開車離開，後車廂綁著彈力繩。

安妮說：「我討厭搬家。」

「我知道妳不喜歡。」

「事情從此變得不同了。」

「不可能再一樣了。」

「我們拋下了一切。」

「不完全是這樣。」

在空中的兩人降低高度，看見羅琳坐在駕駛座上，安妮在一旁已然沉睡。

「我們沒有拋下彼此。」羅琳說。

安妮犯了錯

安妮十四歲。保羅的家人即將舉家搬到義大利。

安妮一直害怕這天的到來。現在兩人會一起吃午餐，也會在下課的時候見面。她開始覺得他不只是朋友，而是一個值得喜歡或是值得去愛的人，即便那是出自少女情懷。她並未真的付諸行動。初戀通常只會埋藏在心裡，像一株無法在陽光下成長的植物。

但是她每天都會在腦海中看見他，她想像兩人手牽手，挨著彼此去逛街或逛動物園。只是他現在要離開了，安妮失去的不只是一個朋友（暫且不論以後他會成為她的誰），也失去了一道防火牆，替她防禦學校的其他女生。

保羅要離開的那天早上，安妮在自己的置物櫃前拿書。學校有一群從來沒搭理過安妮的漂亮女生，其中一個叫梅根的朝她走來，對她說「嗨」。安妮嚇了一跳，也回她「嗨」。梅根說：「妳一定會很想念保羅吧。」安妮臉紅了。但梅根接著又說：「說真的，他很可愛。如果他對我像對妳那麼好，我也會想念他。」

安妮被她的口氣和措辭嚇到了。交到新朋友的可能性鋪天蓋地而來。梅根微笑，安妮有一股想討好她的衝動。

「妳看。」安妮翻開筆記本，她上課無聊時會用鉛筆素描保羅。安妮很會畫畫，這幅作品也不小，保羅的大眼睛特別醒目。

「天啊，這畫得真好耶。」梅根說：「我要拍下來。」她拿出一支小手機，安妮還來不及說什麼，梅根就按下按鈕。安妮從來沒看過能照相的手機。

「這是新出的。」梅根把手機轉給安妮看。「很酷，對不對？」

她給安妮看其他照片，都是她朋友對鏡頭擠眉弄眼拍下的。安妮覺得自己進入了一個特別的圈圈。

上課鐘響了。

梅根說：「掰掰。」

安妮目送她衝刺離開，心想或許保羅離開，她也不會因此完了。說不定她可以跟梅根聊保羅的事情，聊其他女生掛在嘴上的話題。安妮之前不曾體會交到新朋友的感受，她讓自己完全沉浸其中，心情都亮了起來。

那天放學，她走到保羅的置物櫃旁，通常她都在那裡跟他碰頭。安妮已經想好了。他們會像平常那樣聊天，也許今天會聊得特別久。她還想要把自己的畫送給他，還要他去了義大利記得寫信給她，她會回信。她最想做的還是親親他。這樣做應該不奇怪，畢竟他都要出國了。只要是人都會親一親告別吧？可能在臉頰上啄一下，或許真的接吻也可以？她一整天都在想這件事。其實她已經想了好幾天。

她轉彎來到走廊上。

瞬間凍結在原地。

一群人聚集在保羅的置物櫃旁，把他包圍起來。所有男生、女生都在大笑，有些男生還拍他的背。梅根也站在人群中心，給大家看她的手機。

一個男生大喊：「天啊，畫得真像你！」

另一個人也喊：「她根本就是變態，一直在跟蹤你啊！」

「她想要把你的皮剝了，穿在自己身上當生日禮物！」

大家都笑了。安妮看著保羅，他什麼話也沒說。

突然有人看到安妮，發出驚呼：「哇！」大夥兒拍肩示意，轉往她的方向。安妮覺得自己全身中箭，幾乎沒法呼吸。她看見梅根將手機往背後塞好。

要是平常時候，安妮會選擇躲藏、消失。但這事跟保羅有關，好像這些人搶走了她唯一擁有的東西。她移動雙腿，好像被人操控著，一步步往前走。其他人則像互斥的磁鐵一般被逼退。此刻，她面對面看著梅根。

安妮喉嚨抽動，問道：「我也可以看嗎？」

梅根翻白眼拿出手機。安妮在螢幕上看到自己的作品，看到保羅，還有他的大眼。

「妳怎麼可以到處給人看？」安妮聲音發抖。「又不是畫給妳的。」

她轉身面對保羅。「這原本是要畫給你的。」

保羅張口，沒有說話。有那麼一會兒，所有人都無法動彈。後來，保羅一步步後退離開，安妮心中好像有什麼被釋放了。她被那股力量推動。接下來，她看見自己親了保羅的嘴唇。兩人接觸的時間只維持了一秒。她發現自己流下眼淚。

「再見了。」她喃喃說道。

安妮轉身離開，壓抑著奔跑離去的衝動。她聽見有女生說：「走啊，怪咖。」還有人說：「我……的……天。」安妮走到轉角再也忍不住了。她開始奔跑，始終沒有停下，跑出了後門，跑到街上，熱淚不斷滑過臉頰。

她跑到某個公園裡，跌坐在長椅上，兩邊都有藍色垃圾箱把她擋住。直到天黑她才回家。一進門媽媽就發飆了。

她大吼：「妳怎麼這麼晚才回家？」

安妮也吼回去：「因為我高興！」

羅琳懲罰安妮禁足一個月。

隔天，保羅就離開了。

所有的小孩都有祕密不說，大人也是如此。我們會塑造出一個想要他人相信的形象，固化那形象的表面，並且埋藏真相。只有這樣做才能得到親密家人的疼愛，有時更能藉此逃避他們。

§

羅琳帶著女兒倉促搬家，橫跨大半個美國，來到亞利桑那鄉下，一路上她緊守著各種祕密。為了抹掉她的過去，她花了很大的工夫，甚至丟掉以前的照片，不跟老朋友聯絡，也絕口不提前夫，絕對不說起露比碼頭的意外。

她希望搬到新地方就有新開始，但是往事永遠不會遠去，反而如影隨形。

話說回來，安妮已經放棄之前的所有願望。到了十六歲，她已經認命接受自己就是個邊緣人。她的朋友很少，大部分時間都待在家裡閱讀，狗狗克莉歐窩在她身邊。安妮開始發育。如果穿緊身衣物，有時候會有男生盯著她瞧，他們的關注讓她覺得莫名其妙。有人注意到她，那沒什麼。她希望的是有人瞭解她，但他們從來不跟她說話。

有一天在歷史課上，老師詢問同學們的家族根源。

「安妮，妳要不要說說看？」

安妮在座位上往下沉，她很討厭被點到。她眼神飄到一旁，看到有男生又用那種眼神打量她。她說：「我不是很清楚。」

那時候剛好有一首流行歌曲，歌詞裡也有這句話，有個同學跟著唱出來，結果全班哄堂大笑，害得安妮臉紅了。

「妳不是在亞利桑那出生的，對不對？」

「不是。」安妮回答。她這樣坦白，其實違反了媽媽的規定。

「妳的家族來自哪裡？」

為了趕快脫離這一切，安妮又吐露了一些鎮名、住了多少年、自己的外公外婆大概來自哪裡等細節。

老師問：「那妳為什麼要搬來這裡？」

安妮僵住了，她想不出要怎麼撒謊。她聽見有人竊笑：「這不是陷阱題啊。」

「我出了意外。」她含糊說道。

全班陷入了尷尬的沉默。

老師說：「好啦。還有誰想發言？」

安妮鬆了一口氣。

下課前老師出作業，要大家調查自己出生的那天發生了什麼世界大事。可以用學校圖書館，如果有辦法，也可以使用才剛推出的電腦搜尋引擎。

安妮沒有電腦，就用學校的微縮膠片做作業。她發現她生日那天，南非的一項危機解除了，還有知名曲棍球員打破聯盟紀錄。這些她都寫了下來。

那一週結束前，學生們報告自己的發現。安妮起身，說完她發現的少量資訊後，馬上坐下，慶幸這一切都結束了。她看著窗外放空，但她聽見那個毀了她跟保羅的女孩梅根報告完畢後，又補充說道：「還有，我是用電腦做的報告。我發現安妮的『意外』發生在一間遊樂園裡，還害死了一個人。」

同學們倒抽一口氣。有人驚呼：「**什麼**？」安妮臉色大變，怕得打起冷顫。她開始咳嗽，沒辦法呼吸，思緒跳來跳去，一下在瞪著她的眾人面前，一下又回到露比碼頭那天。她的記憶斷片開始播放：坐火車，媽媽跟鮑伯下車。安妮感到暈眩，手臂滑到桌子底下。

老師問：「安妮，妳還好嗎？過來，我們去⋯⋯」

她要安妮先到教室外頭。

§

那天安妮回家，大步衝進拖車裡，書本全部甩到桌上，把梅根上課所說的話一股腦吼出來。羅琳忙著處理一堆帳單，聽到以後愣了一會兒，筆還握在手裡。接著，她又開始塗塗寫寫，戴著眼鏡的眼睛視線朝下。

她說：「妳也知道事情發生在遊樂園裡。」

「媽，後來呢？」

「什麼後來？」

「我是不是害誰死了？」

「當然沒有！」羅琳蓋上筆蓋。「都是那個壞女孩亂說話。」

「妳確定？」

「妳怎麼可以懷疑我？」

「到底有沒有人死掉？」

「安妮，那場意外很嚴重，牽涉到遊樂園的員工、操作員、遊客，很多人都遭受波及。妳才是受害者啊，記得嗎？我們原本可以提出告訴的，或許我應該告下去。妳看看這些帳單。」

「有沒有人**死掉**？」

「應該有一個員工死了，妳認識的人都沒事。」

「還發生了什麼事？」

羅琳取下眼鏡。「妳真想知道其他細節？現在？這麼突然？我們經歷這一切還不夠是不是？」

「我們？」安妮嘶吼：「妳是認真的嗎？是『我們』經歷這一切嗎？」

「對！」羅琳也吼回去：「沒錯！安妮，是我們！」

「媽，我都**沒有朋友**！我想要交朋友！」

「安妮，我也想要有朋友！」

「我絕對不會回去那個班上！」

「我也不會讓妳回那間學校！」

「好啊！」

「好啊！」

母女倆臉色脹紅，呼吸急促。羅琳起身走到廚房，用力扭開水龍頭，使勁搓手清潔。

「說真的，這也算上課嗎？出生那天的世界大事也要查？妳還不如在家自己念書。」

安妮大叫：「我『不要』！」

「我們轉學。」

「天啊，媽。天啊！」

安妮把自己摔進沙發裡，用枕頭蒙住臉。

一週內，安妮就轉學了。後來，如果她不喜歡新學校，就轉到下一間，也沒有人再提起那場意外。

但就算你能讓記憶不發出聲響，也不代表你能擺脫過去。

§

在學校之間轉來轉去，使得安妮更加堅決想要擺脫羅琳的控制。到了高三，她找到一個一勞永逸的方式。

她要找個有車的男朋友。

這個人的名字叫華特，比安妮大一歲。他身形瘦高，鼻子尖挺，鬢角還是三角形的。晚上和週末，安妮多半都跟他廝混。他會抽捲菸，喜歡聽grunge搖滾樂。他對安妮抱著好奇（他說：「妳很怪，不過怪得很有特色」）。她聽了很高興，這代表有人注意到她，包括她的外表。這是她第一次吸引到男生。

這時候的安妮身材高䠷，曲線也出來了。她披著一頭蓬蓬的長鬈髮，大家都注意到她的牙齒長得很漂亮、很整齊。她的打扮很簡單，偏愛內搭褲加破球鞋。她畢業時，GPA平均四分，朋友總數兩個：戴牛角眼鏡、做五〇年代打扮的茱蒂，以及時常捻著小鬍鬚的數學狂熱分子布萊恩。

畢業典禮過後，她沒看到這兩個人。安妮在典禮上也沒待多久，拿了畢業證書，趕緊跟校長握手。校長低聲說：「安妮，祝妳好運，想去哪裡就去哪。」

安妮如他所言，走下禮台，直接去停車場。華特在綠色日產雙門轎跑車旁邊等著。

「耶，結束了。」他說話的時候沒有表情。

安妮說：「感謝上帝。」

「妳想去哪裡？」

「哪裡都可以。」

「要不要給妳媽打個電話？」

「我跟她說別來了，但她可能還是來了。」

「她還在觀眾席那邊嗎？」

「大概吧。」

華特往她身後看。「妳錯了。」

安妮轉身看到媽媽，她穿著土耳其藍的短裙和上衣，戴著鐘形淑女帽，歪歪斜斜地走過學校的前草坪，高跟鞋還陷進草地裡。她揮手大喊：「安妮！妳在幹嘛！」剛好有風吹起，她壓住自己的帽子。

安妮咕噥著：「走吧。」

「妳沒有要等她？」

「我說走吧。」

她坐進車裡，猛然關上車門，華特啟動引擎。車子開走了，只剩下羅琳還壓著帽子，看著他們呼嘯開過一塊看板，上面寫著「畢業快樂」。

後來，安妮有一年沒跟媽媽說話。

§

那個時候，安妮搬去和華特同居，跟他住在他爸爸的平房地下室裡，離拖車停車場有一小時的路程。安妮知道離家這麼遠，就不會和媽媽不期而遇了，她很享受這種疏離感帶來的自由。她把劉海剪短，染成淺紫色。華特送她一件T恤，上面寫著「我沒欠你什麼」。她很常穿這件衣服。

華特的爸爸在乳製品工廠做晚班。華特在附近的修車廠修車。安妮用高中成績申請到當地社大的獎學金，選修文學和攝影，夢想自己以後可以為旅遊雜誌攝影。搞不好，她能因此去義大利找保羅，她會帶著攝影機出現，說：「**哇，真的好巧。**」

幾個月過去，她想過要打電話給媽媽。尤其在華特耍幼稚，看到食物鬧彆扭，或是出門前不想沖澡的時候。但在這種年紀，安妮太急著獨立，忽略自己有必要找人開導。況且，媽媽哪有什麼資格討論男人？**「安妮，你這輩子就只想要這樣嗎？跟男朋友待在地下室裡？」**安妮一想到她會說什麼就受不了，於是又放下電話。

隔年夏天，安妮剛好經過醫院，準備給舅舅一個驚喜。前幾年，他也調來亞利桑那行醫。安妮抵達醫院時，已經過了下午五點，櫃台沒人。她走到他的診間敲門，聽到一聲微弱的回應：「進來。」她轉了門把。

「安妮？」丹尼斯眼睛瞪得老大。

「嗨，我剛好——」

話說不下去了，安妮喉嚨發緊。不遠處的椅子上，竟然坐著媽媽。她的臉龐瘦削，眼睛空洞。她穿著藍色毛衣、深色長褲，安妮從來沒看過媽媽的手腳這麼細瘦，瘦得好像已經生病，整個人幾乎要化成一攤水。

「嗨，寶貝。」羅琳說話有氣無力，看了安妮的舅舅一眼。「這樣就不用麻煩你轉達她了。」

§

癌症發作速度很快，才過半年，所有的療法都宣告無效。此時，治療多半以安寧照護為主。

安妮被這突如其來的巨變嚇到，不知該如何反應。媽媽發病時，她人不在，她為此感到內疚、虧欠，現在要盡可能陪伴媽媽。陪她去藥局，下班後陪她去咖啡店。就這樣，兩人再度回到彼此的軌道上，但是母女倆的對話裡，說出口的都不是重點。

安妮問：「茶喝起來怎樣？」

羅琳回答：「還不錯。」

「讀大學感覺如何？」羅琳問。

「還不錯。」安妮回答。

母女倆都沒有力量直接面對隱藏起來的情緒，只是以禮相待，輕吻彼此的臉頰。媽媽下車時，安妮幫她扶著車門，走路時扶著她一起走。如果時間再多一點，或許兩人之間的牆會倒下吧。

但是這個世界並不會順著我們需要的時機運轉。

「安妮，我愛妳。」安妮把炒青菜端給她時，羅琳用刺耳的聲音說道。

「吃吧，妳需要多點力氣。」安妮說。

「愛就是力氣。」羅琳說。

安妮拍拍她肩膀，骨頭傳來堅硬的觸感，彷彿皮肉都不存在。

兩天後，鬧鐘還沒響，安妮的手機就先響了。

舅舅無力地說：「妳最好趕快來醫院。」

他忍不住哭了，安妮也忍不住開始啜泣。

§

墓園的人並不多，因為羅琳一直生活得很低調。到場的只有安妮、華特、丹尼斯舅舅、媽媽的幾個同事。他們站在墓碑前，牧師念著悼詞。

「真奇怪，」羅琳在天堂看著葬禮的景象在母女面前播放。「人都會想自己的葬禮會是什麼情況。有多盛大？誰會來參加？到後來那些都不重要了。死了之後就會發現，葬禮是辦給活人看的。」

她們看著那時的安妮穿著一身黑衣，靠在舅舅的肩上哭泣。

羅琳看著她說：「妳好難過喔。」

「當然啊。」

「那妳為什麼躲我這麼久？」

「媽，我很抱歉。」

「我知道。我在問妳為什麼躲我？」

「妳知道原因啊。」安妮嘆氣。「妳讓我很丟臉，讓我喘不過氣。我想要交際，想要快樂，可每次都被妳剝奪。小時候，我覺得自己就像囚犯一樣。

「我交不到朋友，什麼都不被允許。大家都覺得我很怪，有個管東管西的媽媽。」安妮舉起左手。「而且我還這樣。」

羅琳轉過頭。兩人眼前的墓園景象消失了。

「那天的事，妳知道什麼？」

「妳是說露比碼頭那天嗎？」

「對。」

「我什麼都不記得啊。妳忘了嗎？那是我人生中的黑洞。當然妳什麼也不會告訴我。

我記得我們坐火車去那裡，還買了園遊券。結果我在醫院醒來，包了繃帶……」

安妮覺得過去的那股怒火再度燃燒起來。她搖搖頭，在天堂發脾氣又有什麼用呢？

她咕噥：「反正我知道的就這麼多。」

「我知道得比較清楚。」媽媽牽起安妮的手。「我也該告訴妳了。」

第三個功課

轉眼間，母女倆回到露比碼頭，夏日烈陽照射而下。她們首先看見又長又寬的棧板走道，上頭都是要去海灘的人們。雙親推著嬰兒車，慢跑者和滑板客穿梭在人群間。

安妮問：「這些人我認識嗎？」

媽媽說：「妳往下看。」

安妮看見棧板底下有沙灘，年輕時的媽媽和鮑伯一塊走著。羅琳打赤腳，手上提著鞋子。鮑伯一直把她往自己懷裡拉，羅琳半開玩笑把他推開。某一刻，她瞄了手錶一眼，接著往海的方向看去。鮑伯把她的臉扳回他那邊，用力親吻她的嘴唇。

「妳有沒有想過讓時光倒流？」羅琳和女兒一起看著這幅畫面，開口問道：「因為妳無法相信，自己為了多麼無聊的原因，錯過了多麼重要的事情？」

安妮點頭。

「這就是我想回去的一個時刻，這時我正在想妳。我記得我看手錶的那一刻正好是三點七分，而妳的生日是三月七日。我心想：『該回去找安妮了。』」母親說。

「但妳沒有回來啊。」

「沒有。」羅琳的語氣很柔弱。「我沒有回去。」

兩人繼續看著鮑伯黏著羅琳，在她的脖子上親得咂咂響。他拉她的手臂，一起跌坐在沙灘上。

「妳爸離開後，我做了一些不好的決定。那時候，我覺得自己沒人要，也沒有魅力。老是認為成了單親媽媽之後，男人就會對我失去興趣。所以我做得太刻意，男人換了一個又一個。我想要換掉自己的人生。」

安妮想起童年時，那些在她熄燈後出現的男人，他們穩定地替換著。她會從房間裡偷溜出來，躲在階梯口偷看媽媽跟新認識的男人離開，由保母關上門。

羅琳說：「那時，我自己也很年輕，想要一個全新的開始，想要妳爸爸沒給過我的東西——安全感跟關愛。他放棄我去跟其他女人在一起。我猜我這麼做，在內心深處是希望證明他錯了。

「這樣想也很不明智。愛不是復仇的工具，也不是能作為武器的石頭。我們不可能憑空捏造出愛，來解決自己的問題。硬擠出來的愛，就像把花摘下卻強迫它繼續綻放。」母親說。

回到棧板的畫面，鮑伯不再對羅琳摸摸弄弄。他脫下外套鋪在兩人身後的沙灘上。安妮發現年輕的媽媽突然一臉驚恐，雙手交叉扣住手肘。

羅琳說：「那一刻讓我震住了。多年以前，我跟妳爸剛開始在一起的時候，他也做過一樣的事情。海灘、外套、躺在沙灘上。事情就是這樣開始的。

「我發現自己又在重複過去的蠢事。為什麼我以為事情會有不一樣的發展？」

她直直地注視安妮。「寶貝，對不起。我那時太想要找到另一個人愛我。我忘記自己已經跟最棒的人在一起了，那就是妳。」

「媽，」安妮聲音很低：「這些我都不知道。」

羅琳點點頭。「我自己也不知道，直到那一天——」

她示意回到棧板的場景，只見畫面中的媽媽拎著鞋子迅速起身。鮑伯看起來很生氣，抓住她的腿不放，她掙脫之後跑開了。鮑伯用力往沙灘揍了一拳，沙子都噴到褲子上。

「安妮，那個時候我只想跟妳碰面，帶妳回家，買冰淇淋給妳吃，要讓妳變成世界上最快樂的小女孩。

「我眼前就像是有劇幕被揭開了。我不再需要跟不適合的男人廝混，不用再打電話愚蠢地調情。我終於認清事實了。」

安妮問：「發生了什麼事？」

羅琳避開她的眼神。「不過就算看清楚了，也未必來得及。」

§

天堂中的兩人看著羅琳衝到露比碼頭。救護車閃著燈疾駛過她的身旁，警員對著無線電大呼小叫。人群聚集在園內，羅琳來來回回跑著，搞不清楚狀況。她推開一波波的路人，經過碰碰車、咖啡杯、點心攤販，一路上不停喊著：「安妮！安妮！」

羅琳找了一小時都沒找到，最後看見警察在跟一名工作人員說話。那是個精瘦的年輕人，名牌上寫著「多明蓋茲」。他和警察站在黃色封鎖線旁邊，眼眶帶淚。

「幫幫我好嗎？」羅琳打斷他們談話。「抱歉，我知道你們在忙，但我找不到女兒，已經到處都找遍了。我很擔心。」

警察看了多明蓋茲一眼，問：「她長什麼樣子？」

羅琳描述安妮的外貌。她穿著牛仔短褲、胸前印著卡通鴨圖案的萊姆綠T恤。

「老天啊。」多明蓋茲低呼。

§

安妮看著天色轉為暗紅。「這是我的人生最低潮。」媽媽說：「在女兒最需要我的時候，我竟然跟自己毫不在乎的人在一起。

「我趕到醫院的時候，手術已經開始了。身為妳的媽媽，我卻像陌生人一樣，到處打聽情況。我哭得很慘，不只是因為妳吃了苦，也是我覺得自己太丟臉了。

「那些規定，那些我強迫妳遵守的規範和回家時間，都是因為那起意外。我再也不想犯錯了。」

「結果卻讓我討厭妳。」安妮語氣溫和。

「我也很討厭自己。我沒有保護妳，讓妳一個人。在那之後，我再也無法認為自己是個好媽媽。

「我很慚愧，所以對妳很嚴厲，其實我是不想放過自己。安妮，人後悔的時候會被蒙蔽。我們自我懲罰的時候，根本看不見誰也一起被懲罰了。」

安妮思考片刻。「這就是妳要教我的功課嗎？」

「不是。」羅琳聲音低不可聞。「我只是跟妳分享了我最心痛的祕密。」

安妮看著媽媽年輕無瑕的臉龐，好似才二十來歲的樣子。她內心一陣衝動，第一次感受到她在天堂也有坦白的需要。

安妮說：「我也有個祕密。」

安妮犯了錯

安妮二十歲，她懷孕了。離開看診室的時候，一個老太太進來替她扶著門。

安妮說：「不用幫我啦。」

老太太說：「不要緊的。」

安妮摸摸自己的肚子，這可是意料之外的發展。她和華特還住在地下室，兩人之間死氣沉沉。但也因為沒有其他更好的選擇，他們才沒分手，仍繼續在一起。

某天安妮覺得特別疲倦，去看了校醫。那時她以為自己得了流感，做了抽血檢查，隔天回去看報告。

醫生開口：「嗯，其實不是流感。」

後來，那一天剩下的時光安妮都躲在圖書館裡，一隻手摸著自己的肚子，一隻手捏著衛生紙。她心想，**懷孕？**她心情太灰暗了，無法動彈。直到管理員過來輕輕推她說：「閉館了。」她才站起來，拖著腳步回家。

跟華特講這件事，結果也不盡如人意。他先是緊張笑笑，然後便爆出一串咒罵。他大力踱步，來來回回踱了半小時，最後才答應為了孩子跟安妮結婚。

安妮堅決表示：「要在看得出來之前結婚。」

華特說：「嗯，好啦。」

下個月，兩人去了法院（幾十年前，羅琳和傑瑞也是這樣），簽了一些文件。兩週之後，他們對外宣布結婚的消息。

華特把這件事告訴他的父親。

安妮則是誰也沒說。

安妮就跟媽媽一樣，在毫無準備的狀況下成為母親。她跟媽媽一樣，要面對一個自己並不滿意的丈夫。有時她會希望媽媽還活著，她想問她接下來要注意什麼。不過大多數時候，安妮還是慶幸媽媽沒有看到這一切。她無法承擔母親的失望，尤其受不了媽媽一定會說的那句：「不是叫妳小心一點嗎？」媽媽所有的恐慌，都在安妮一個人身上應驗了。她成了一個愚蠢的女兒，行事不夠謹慎，現在只好把婦產科醫生的電話寫在便條紙上，貼在公公的地下室裡。

華特變得逆來順受，好像一隻遭人斥責的小狗。晚上回家後幾乎不說話，選擇連續看電視好幾個小時。他的身體深深陷入沙發，成了另一個沙發靠墊。安妮不動聲色，動了又能怎樣？她逐漸瞭解，與男人生活不用談情說愛，反而需要忍耐，也相信婚姻不過是人生路上又一道失敗的關卡罷了。

§

場景再度回到看診室。之前替安妮扶門的老太太現在對她微笑。

「多久了？」

「七個月了。」

「就快了嘛。」

安妮點頭。

老太太說：「那祝妳好運喔。」

安妮走出去。她已經很久很久不覺得自己幸運了。

當天晚上，安妮沒吃晚餐，心裡覺得慌慌的，決定來組裝塑膠書架。她鎖螺絲的時候，腹部突然一陣刺痛，痛得她直不起身。

「喔，不好了，」她呻吟嗚咽：「不好了……華特！」

華特火速載她去醫院，車子還停在急診室入口。接下來，安妮只知道自己被送上輪床，推過走廊。

午夜過後沒多久，孩子就出來了：是個非常小的男孩子，體重不足三磅。過了好幾個小時，安妮終於看到他。他被放在新生兒照護區的保溫箱裡。因為早產的緣故，肺部還沒發育完全。醫生說：「他還沒辦法自主呼吸。」

安妮坐著，身上穿著藍色的病人服，注視著保溫箱。她現在真的是個母親了嗎？可是她連自己的孩子都不能碰。他身上插滿管子，好讓藥劑和營養劑打入體內；粉紅色的臉頰上貼著交叉的白色透氣膠帶，固定住呼吸裝置。頭上還戴著一頂小到不行的藍帽子，讓頭部和耳朵保暖。有這些儀器維持孩子的生命，安妮覺得自己被隔離在外。

白天變成黑夜，又變成白天。安妮坐在那裡都沒有移動，醫師、護理師、醫院員工來來去去。

護理師問她：「妳想打電話嗎？」

「不用。」

「要喝咖啡嗎？」

「不用。」

「要休息嗎？」

「不用。」

安妮什麼都不要，她最想做的就是把手伸進保溫箱裡，把小寶寶抓了就跑。她想起自己的媽媽，想起母女打包逃離的過往。

上午十點二十三分，監視器開始嗶嗶作響。一名護理師進來，接著又來了另一位，之後醫生也來了。沒過幾分鐘，保溫箱就被推進手術室。安妮遵守指示在外面等待。

結果寶寶一去不回。

小男孩出生三天之後死亡。醫生們神情嚴肅，堅決表示自己已經盡力了。護理師低聲說：「這種事真的很難承受。」安妮還是很壓抑，眼神空洞地看著他們表示同情，以及清空的病房。她聽見華特不斷喃喃自語：「天啊，真是不敢相信。」安妮端詳房內的窗戶、地面、不鏽鋼水槽。她盯著這些毫無生氣的東西，彷彿能用眼神鑿出洞來。幾個小時過後，一名社工拿著夾紙板小心翼翼地靠近她，向她提問，說是為了「文書作業」，也就是開死亡證明。

社工開口：「小孩叫什麼名字？」

安妮眨眼，她還沒想到要取什麼名字。這個問題就像是全世界最難解開的謎題。名字？什麼名字？不知為何，安妮只想得到媽媽的名字羅琳。接著，她說出了一個類似的男孩名字。

她低語：「羅倫斯。」

社工複述：「羅倫斯。」

羅倫斯，安妮在心裡念著。這名字讓她心頭一涼，好像被水潑到似的。孩子有了名字，代表他真實存在。一旦他真正存在過，也代表他真的走了。

「羅倫斯？」安妮低聲呼喚，好像在找自己的孩子。

她崩潰大哭，接下來好幾天都沒有說話。

§

安妮說完故事，發現自己正在哭泣，一如那天在醫院裡。眼淚滴到地上，聚成了水池，水面漫出形成水流、河道。土耳其藍的河水清澈見底。河岸邊出現樹木，樹上長滿茂密而繽紛的闊葉，宛如雨傘般矗立在河邊。

羅琳說：「跟我說這個祕密之前，妳也忍了很久吧？」

安妮喃喃道：「我一直都在忍。」

「我知道。我感覺得到。」

「在這裡嗎？」

「即使是這裡也感覺得到。」

「除了舅舅以外，我誰也沒說。連保羅我都沒說，我說不出口。」

羅琳望著河邊的樹木。

「祕密啊，我們以為不說出口就能掌握它，卻反過來被祕密操控。」

安妮說：「那時候，寶寶無法呼吸。熱氣球出事的時候，我被告知保羅失去了呼吸能力，這一切又再度重演。我說了一句之前就想講的話：『用我的肺吧。讓我幫他呼吸，只要能救他一命就好。』」

安妮回過頭來，臉上帶著懇求的表情。

「媽，保羅活下來了嗎？告訴我吧，拜託妳。如果其他人知道，妳也會知道，對吧？」

羅琳摸摸女兒的臉頰。「我不該知道這件事。」

§

兩人好一陣子沒作聲。羅琳輕輕把手浸到河裡。

「我有跟妳說過為什麼我給妳取名安妮嗎？」

安妮搖頭。

「曾經有個女人坐橡木桶沿著尼加拉大瀑布而下。她是個六十三歲的寡婦，那時候她想出名，替自己的晚年賺點安養費。我的外婆以前常說她『真是個**有勇氣**的老太太』。我就想要妳這樣，有勇氣。」

安妮皺眉。「我應該辜負了這名字的含義吧？」

羅琳挑眉。「喔，妳沒有啊。」

「拜託，我根本沒有勇氣。我蹺家，住在地下室，結了一個不該結的婚，又太早生小孩，生下來又出了差錯。有很長一段時間，我都覺得自己很沒用。」

媽媽雙手盤胸。「那之後呢？」

§

事實是，之後安妮找到了她的目標。她與華特的婚姻後來宣告結束，他聲稱自己是為了孩子才被迫成婚。兩人簽署文件，華特把自己的長褲討回去。

安妮搬進舅舅家裡。剛開始好幾個月她足不出戶，白天也躺在床上。她哀悼自己的孩子，哀悼自己的母親，哀悼自己對未來缺乏想像力。有什麼目標能讓她走出這房間？所有想法都顯得微不足道，她整個人被掏空了。

空了，反而能夠容納。

冬天變成春天，又轉換成夏天。安妮起床時間提早了。從臥室窗戶看出去，能看見舅舅出門去醫院。她記得他剛搬來亞利桑那的時候，她念國中。她問他為什麼要離開從小住到大的東岸，他回答：「我和妳媽是家人。」安妮那時想回他：「你在開玩笑對吧？**你是為了她**而搬家？」但現在安妮慶幸舅舅當時搬來了，不然她還能投靠誰？

到了晚上，安妮聽見舅舅和病人講電話。他冷靜地回答他們的問題。通常講到最後，他會說：「我來就是要幫你。」這句話讓安妮與有榮焉。舅舅是個正直的好人，她愈來愈佩服他。慢慢地，一顆種子在她心裡發芽。**我來就是要幫你**。

某個晚上，她下樓到廚房，丹尼斯正看著小電視播放的美式足球比賽。

「嗨。」他關掉電視。

安妮說：「我可以問你一件事嗎？」

「當然可以。」

「當護理師有多困難？」

§

羅琳從天堂的藍色河流中掬起河水，看著水從指縫流走。

安妮問：「這就是妳的天堂嗎？」

「是不是很美？我生前經歷過許多衝擊，所以想要得到平靜。在這裡，我可以享受我在人間從未有的寧靜。」

「妳一直都在等我，等了這麼久嗎？」

「母女間說什麼久不久？我們相處永遠不嫌久、不嫌多。」

「媽……」

「什麼事？」

「我們以前吵得太凶了。」

「我知道。」她牽起安妮的左手，浸到河裡。「妳只記得我們吵架嗎？」

安妮感受到手指在水中漂浮，思緒也開始飄動。從河面的倒影，她看到的都是童年的珍貴場景，以及數不清的回憶：媽媽親親她道晚安，打開新玩具的包裝，擠鮮奶油到鬆餅上，媽媽抱安妮坐上她的第一輛單車，縫補裂開的裙子，母女搽同一條口紅，一按收音機按鈕就轉到安妮最喜歡的電台。這會兒彷彿誰打開了記憶的金庫，讓她一口氣檢視這些美好的往事。

她喃喃問道：「為什麼我之前都想不起來呢？」

「因為人比較常注視著傷疤，而非痊癒的傷口。」羅琳說：「我們記得受傷的確切日期，但誰會去注意傷口真正痊癒的那一天？

「打從妳在醫院醒來的那一刻起，我就像變了一個人，妳也變了一個人。妳悶悶不樂，老是發火，經常跟我大吵，討厭我規定這、規定那。但妳生我的氣，並不是因為我的規定吧？」

羅琳手往下抓住安妮的手指。

「妳可以告訴我最後一個祕密嗎？妳可以告訴我，經過露比碼頭的意外後，妳開始恨我的真正原因嗎？」

安妮語塞，聲音微弱到細不可聞。

「因為妳沒來救我。」

羅琳閉上眼。「沒錯。妳可以原諒我嗎？」

「媽……」

「怎麼了？」

「妳不用非要我說出來啊。」

「不，我不需要。」羅琳聲音輕柔。「但是妳需要。」

安妮再度落淚。那是如釋重負的眼淚，沉積多年的祕密一掃而空。安妮明白羅琳在意外前後所做的犧牲。她結束婚姻，拋下原來的家庭，拋棄她的朋友、她的過去、她的欲望，唯一擁有的只有安妮。她想起媽媽的冷清葬禮，想起她以自己的人生為代價，付出了多少，才能保護安妮這一生。

「好，好，媽，我原諒妳。我當然原諒妳。這些我之前都不明白。我愛妳。」

羅琳雙手交疊。

「寬恕？」

「寬恕。」

「**這**，就是我要教給妳的。」羅琳微笑。

§

話才說完，羅琳騰空而起，飛到安妮上方，卻只停留了一會兒。最後一次撫摸女兒的臉頰後，羅琳飛回空中，臉龐變回原來的天空。

「我的天使，妳該離開了。」

「媽！不要！」

「妳需要的是和解。」

「但我們才剛和解，不是嗎！」

「還有別人。」

安妮還來不及回話，河水就淹了上來，天空降下滂沱大雨。安妮被沖到一旁，雨勢大到她什麼也看不清楚。突然有什麼東西撞上她的臀部——一只大橡木桶流到她身旁。她把桶子上緣轉過來，安全地鑽進桶內。桶身布滿褐色斑點，內部有許多充當緩衝墊的舊枕頭，安妮猜想老安妮就是利用這些枕頭安然滑下瀑布的。她調整姿勢坐好，感到河流在腳下轟隆作響。

一股力量傳來，木桶往前爆衝。

安妮聽見暴風呼嘯而過，水花拍打岩石。隨著時間過去，聲響愈來愈宏亮，充斥耳內，如雷貫耳。她心裡浮現來到天堂後從未體驗過的感覺：純然的恐懼。橡木桶衝過水流強大的瀑布，落下時發出激烈的巨響，彷彿是上帝的怒吼。這一衝出去，安妮覺得自己的腳下完全空了，她體會到乘坐自由落體拋下一切的感受。無法求援，無法控制。

她靠著桶壁往上看，看到白色的水流，也看見天上的媽媽俯視著她。她只說了兩個字——

「勇氣。」

星期天，下午二點十四分

托伯特踱著步子離開警察，走到警車旁嘔吐。

他剛才看到的慘況，會永遠烙印在他的腦海裡。綠色的開闊田野上散落著燒焦物體，田中央是熱氣球吊籃，焦黑到幾乎無法辨識。散落四處、被撕開的條狀物，被燒得黑漆漆的，是托伯特的巨型熱氣球唯一的殘骸。

目擊事發經過的，是一個身穿黃色銳跑T恤的慢跑男子。他跟警方描述的事發經過如下：「熱氣球撞到樹林的某處，我看到火花。熱氣球掉了下來，撞擊地面之後又升空。一個人被摔出來，一個人被拋出來，最後一個應該是用跳的吧。後來，整個氣球就燒起來了。」

慢跑者用手機拍下影片，並且打九一一報警。熱氣球上的兩男一女都被送往大學附設醫院。

托伯特不知該震驚還是震怒。他想不出來怎麼會有這兩名客人。搭乘時間太早了，之前這時段也沒人預約。**泰迪到底在幹嘛**？**我不過是離開了幾小時**。

他用手搓臉搓了好幾次，接著走回警方那邊。

他說：「如果這邊沒事了，我要去醫院看看。」

警察說：「我載你過去。」

「好。」

托伯特進了警車，整個人靠在座位上，想要釐清星期天早上的悲劇是怎麼造成的，渾然不知這起事件他也有份。

下一個永恆

橡木桶撞擊水面，默默沉進水中。安妮掙扎著從桶裡鑽出來，潛進一片廣闊的深綠水底。那裡的景象不像瀑布潭底，反而更像海洋。安妮滑動雙手轉頭張望，髮絲像觸手般舒張著。她抬頭往上望，看到一個光環，形狀猶如望遠鏡較粗的那端，她便游了過去。

安妮游到水面上，皮膚一點也沒濕。河水退去，她竟然站在一片灰暗的汪洋大海旁，穿著短褲和萊姆綠T恤，上衣把空空的軀幹遮住了。天空帶著夏日的蔚藍，亮度恰好，照亮天空的不是陽光，而是一顆發著白光的星星。

安妮的腳下傳來沙粒的觸感，柔和的風撫過臉頰。她走在海灘上，前方的巨大碼頭映入眼簾：那裡有鍍金的高塔、林立的尖塔、巨大的拱門，還有木造雲霄飛車和跳降傘等遊樂設施。

出現在安妮面前的是一座舊式遊樂園，跟安妮以前常去的很像，她因此想起了媽媽。母女終於和解，可是心中大石落下的時候，媽媽卻離開了。她心裡很不平衡。在天堂遇見五個人，眼看就能得到慰藉，結果他們馬上拋下你不管。這到底有什麼意義？

媽媽之前說：「妳需要的是和解。」為什麼？跟誰和解？安妮希望這一切趕快停止，她覺得自己力氣已用盡，彷彿度過了漫長而艱辛的一天。

她抬腳走了半步，卻被埋藏在沙中的物品絆倒。往下一看，是塊石碑。海水沖刷表面，露出了兩行字：「艾迪／維修部」。

「年輕人，」講話的人聽起來口氣很差。「可以不要站在我的墓碑上嗎？」

安妮犯了錯

安妮二十五歲，在醫院工作。舅舅替她出學費，讓她學習護理。安妮意外發現，原來自己適合這一行。她以前就擅長理科，醫藥方面的學習難不倒她。不過接觸患者才真正讓她大展身手。她臨危不亂，仔細聆聽他們說話，輕拍他們的手。在他們說笑話時微笑，抱怨的時候寄予同情。她能有如此表現，可能是因為童年時一直欠缺親密的關注。成為護理師之後，病人經常找她，要她關注，要她安慰，甚至找她諮詢。安妮也發現自己樂於給予關懷。

安妮的督導碧翠絲是一個健壯的南方女性，總是塗大紅唇膏，連冬天也穿無袖上衣。她很有幽默感，相當讚賞安妮的工作表現。

她說：「患者都相信妳。這很不容易。」

安妮也喜歡碧翠絲。有時候她們會留久一點，在休息室裡聊天。某天晚上，她們聊到壓抑的記憶。安妮問她是否相信這回事，她的回答是肯定的。

她說：「人會因為自己也不記得的原因，做出各種事情。我有一半親戚都會這樣呢，是我的親身經驗。」

安妮決定提一下自己的童年創傷。

「我八歲的時候，發生了一件事。」

「嗯，怎麼了嗎？」

「發生了一起意外，滿嚴重的，我才會變成這樣。」

她給碧翠絲看疤痕累累的左手。

「後續有什麼影響嗎？」

「天氣冷的時候會，而且如果我手指沒在動——」

「我是說那場意外。」

「這就是重點。我不記得事發經過，整個被我壓抑了。」

碧翠絲思索了一會兒。「妳可以找人談談。」

「嗯，但是……」安妮緊咬嘴唇。

「怎麼了？」

「其實……」

「怎麼了？」

「那時候應該有人死了。」

碧翠絲瞪大雙眼。「那就麻煩了。」

「如果我跟人家談——」

「妳怕自己會發現什麼嗎？」

安妮點頭。

「親愛的，就是因為這樣，大腦才會一開始就壓抑啊。」

碧翠絲把手放在安妮的左手上。

「準備好的時候，就會想起來了。」

安妮堆起笑臉，卻懷疑碧翠絲以後對她的評價會打折扣，因為她有著不為人知的過往，而且不願意面對。

安妮在天堂遇見的第四個人

「其實這不是我**真正**的墓碑。」

安妮轉身，看見一個身材粗壯的老先生站在沙灘上，雙手像海獅的鰭足那樣交疊在胸前。他身穿淡褐色制服，戴著麻質軟帽。這就是她在婚禮上一直看到的老人。

他說：「不過我真的在這裡過世。好啦，其實是要再過去一點，在遊樂園裡。我的同事幫我慶生，做了這塊紀念碑給我。我以前都說他們腦袋是磚頭做的，結果他們真的送了我一塊磚頭。一群混帳。」

他聳聳厚實的肩膀。老人的頭髮都白了，耳朵很大，鼻子很塌，鼻梁扭曲，好像以前曾經被打斷過不只一次。眼周的皺紋垂向臉頰上的鬍鬚，現在魚尾紋和鬍鬚皺成一團，對她和氣地微笑。

「嗨，小朋友。」他聽起來好像認識她。

「你出現在我的婚禮上，」安妮低語：「還對我揮手。」

「我是希望妳年紀再大一點。」

「再大一點？」

「妳太年輕就來這裡了。」

「發生了意外。」她別開頭。

他說：「跟我說說吧。」

「熱氣球著火了，我先生跟我都在上面。」

「然後呢？」

「他受傷了，傷勢很嚴重，無法呼吸。」

「那妳呢？」

「他們移植我一邊的肺去救他。在移植過程中，我一定是……」

老先生挑眉。「是死了嗎？」

安妮聽到那個字，還是很不愉快。「對。我不知道我先生怎麼了。我只記得手術室中，有個醫生拍我的肩膀，說：『待會見。』好像我再過幾小時就會醒來，結果我再也不曾睜開眼。」

「我猜猜看，」老先生搓搓下巴。「妳到了天堂就到處問：『他活下來了嗎？我救到他了嗎？』」

「你怎麼知道？」

「我剛來這裡的時候，也遇見了五個人。還沒跟他們學到功課，就先問那個老問題，因為我想不起自己臨死前的經過。『發生了什麼事？我救到小女孩了嗎？我大部分人生都浪費了嗎？』」

「等一下，」安妮說：「什麼小女孩？」

老先生注視著安妮，她無力轉移視線，定定看著他左胸口附近的布名條，上面繡著的文字跟海灘石碑上的一模一樣。

她說：「艾迪……維修部。」

他回應：「小女孩。」

艾迪伸出結實的手指，安妮的手不由自主地隨之抬起。兩隻手接觸的時候，她感受到前所未有的安全，好像幼鳥躲在強而有力的羽翼下。

「沒事了，小女孩。」老先生低語：「現在來看個明白吧。」

§

曾有瀕死經驗的人常常這麼說：「我眼前出現了人生跑馬燈。」科學家研究過這種現象，發現大腦皮質層在事發過程可能缺氧、缺血，嚴重受創時會釋放出大量回憶。

然而，科學家只知道科學能解釋的事情。由於缺乏對彼岸的認知，便無人知曉，眼前的跑馬燈其實只是天堂的驚鴻一瞥。在天堂裡，你和你接觸過的人所產生的互動都集中在同一處。只要看一段記憶，就能看到全部。

那天安妮發生意外，她正面臨人生最大的危機。露比碼頭的維修員艾迪在瞬間做出了抉擇：他從佛萊迪自由落體的平台跳下，推開安妮，車廂沒砸到她。艾迪臨死前閃過他眼前的，是他人生在世時接觸過的所有人。

此刻在天堂裡，安妮的手指與艾迪交疊，她也看見了那些人。

§

她看見嬰兒時期的艾迪。他出生於一九二〇年代初的貧困家庭。她看見艾迪母親閃亮的眼神，也看見他的酒鬼父親經常打人。

她看見小學生艾迪，在露比碼頭跟雜耍秀的人玩傳接球。她看見少年艾迪在老爸身旁修理遊樂園的器材。艾迪覺得很無聊，夢想展開不一樣的人生。她看見艾迪的父親說：「怎樣，現在還不夠好嗎？」

她看見艾迪在那一晚遇見真愛——身穿黃洋裝、名為瑪格麗特的女孩。她也看見兩人隨著大型爵士樂團的音樂，在星塵音樂廳起舞。她看見兩人的戀情隨著戰事中斷，艾迪被送上菲律賓戰場。

安妮看見艾迪那一排遭到俘虜，在戰俘營裡慘遭虐待。她看見他們大膽反抗，殺了施暴者。她看見艾迪焚毀監禁他們的草屋，也看見艾迪在逃跑時腿上中彈。她看見艾迪在戰後回歸日常生活，卻被槍傷和黑暗的記憶糾纏。

安妮看見艾迪和瑪格麗特結婚，兩人安定下來，深深相愛，卻沒有生孩子。她看見艾迪在父親死後，被迫接手老爸在露比碼頭的維修工作。她看見艾迪從此一蹶不振，灰心喪志。這麼多年來他努力逃離這一切，最後還是跟老爸沒有兩樣。「一事無成的無名小卒。」他大概會這樣說吧。

安妮看見瑪格麗特在將近五十歲的時候，因腦腫瘤過世。悲傷的艾迪整個人都空了。她看見他埋首工作，躲在昏暗的人偶屋或滑水道底下沒人看得見的角落哭泣。

安妮看見艾迪規律掃墓，六十幾歲、七十幾歲，甚至到了八十幾歲，還會送花到瑪格麗特的墳前。坐計程車回家的時候，他會坐前座，這樣感覺比較不寂寞。

安妮看到艾迪人生中的最後一天。那天是他八十三歲生日，他查看釣魚線，檢查雲霄飛車，坐在海灘椅上，用黃色菸斗通條做了小兔子，送給小女孩。

那個小女孩叫安妮。

「謝謝你，艾迪．維修先生。」安妮提高音調，蹦蹦跳跳離開了。

畫面在這裡停住。

「那句話，」艾迪開口，他還握著安妮的手。「就是我從妳口中聽見的最後一句話。」

她問：「接下來發生了什麼事？」

艾迪鬆開她的手，畫面消失了。

他說：「我們散散步吧。」

§

海水後退，彷彿為他們開路，兩人沿著海岸漫步。青空中的孤星一直維持在同樣的高度。艾迪跟安妮說起他的天堂之旅，說他也遇見了五個人。這些人包括藍皮膚的雜耍秀表演者、艾迪在軍中的小隊長，還有露比碼頭的露比。天堂之旅結束的時候，他對自己的人生幾乎完全改觀。

接著，艾迪問起安妮的生活，說他經常在想，不知道這些年她都做了什麼。安妮在艾迪身邊感到安心，說出許多事情。她談到自己非常小的時候，只記得日子過得歡樂、無憂無慮，也記得意外發生之後，事情就變了。

「什麼變了？」

「什麼都變了。」她舉起左手。「都是因為這個。」

艾迪用厚實的手掌握住她的手腕，端詳她的傷疤，宛如發現了失落的地圖。

「自從那件事之後，只要我努力做什麼都會出差錯。我交不到朋友，母女關係緊繃，第一次結婚也失敗，還失去……」

艾迪抬頭。

「失去一個孩子。得了憂鬱症。我放棄任何快樂的可能，直到我與保羅重逢。我覺得他是我的機會。我瞭解他，信任他，愛過他。」

她頓了一下。「我愛他。」

艾迪鬆開她的手腕，好像在思考什麼。

「妳想要讓手恢復原樣嗎？如果可以的話？」

安妮注視著他。「好奇怪，小時候保羅也這樣問過我。」

「妳當時怎麼回答？」

「就跟現在的回答一樣。我當然想恢復原狀。如果沒必要經歷這一切，誰想要變成這樣？」

艾迪緩緩點頭，安妮不確定他是否同意自己的說法。

安妮問：「你太太在這裡嗎？」

「妳這趟不會遇到她。」

「但你在自己的天堂中，能跟她在一起吧？」

艾迪微笑。「沒有她，我的天堂就不算天堂了。」

安妮也想要微笑回禮，但聽了艾迪這些話，感覺更糟了。她最希望保羅活下來，希望移植肺臟能救他一命。但那樣一來，她在天堂就孤單了。保羅在人間，沒有她，也會繼續過下去嗎？還是會跟別人在一起？他未來過世之後，會不會選擇走到另一個天堂，一個沒有安妮的天堂？

「怎麼了？」艾迪問：「妳臉色好難看。」

「就是，一切都是我害的。」安妮說：「我連好事都搞砸，包括我自己的新婚夜。是我主張要下車幫高速公路上的人，是我堅持要坐熱氣球。」

她視線低垂。「我犯了好多錯。」

艾迪看著在他們上方發亮的孤星，回頭瞇眼看著安妮。

他說：「我以前也會這樣想。」

突然之間，白天轉換成黑夜，空氣變熱、變黏，四周的景色瞬間荒蕪。環繞他們的山丘光禿禿的，山上有零星的火災。安妮發覺腳下踩著的土地好像變扎實了，不像沙地。

她問：「怎麼會這樣？」

艾迪說：「事情還沒結束。」

安妮犯了錯

安妮二十八歲，距離孩子過世也有八年了。今天是他的忌日，她把醫院的班調到下午。早上的尖峰時段過去後，她開車來到墓園。

那天濕氣很重，霧濛濛的。安妮走到墳前，一路聽著自己拖拖拉拉的腳步聲。到了墓碑前，她輕輕踏在草地上，彷彿不想驚擾到什麼。她看著羅倫斯的名字，看著墓碑上刻著的日期，他在人世間活過的短短幾日：

二月四日—二月七日

兩個日期之間的橫槓，帶來確切的時間感。

安妮低語：「真希望我能好好為你祈禱，真希望我知道如何呼喚你。」

她又開始自責自己不是好媽媽，從來沒換過尿布，沒餵過奶，沒有哄他睡覺。她覺得自己有點蠢，也沒當過媽媽，到底在悲痛什麼？

回醫院的路上很塞。她因為去掃墓心情沉重，於是從皮包中拿出抗焦慮藥物。通常她只在晚上吃藥，但她現在告訴自己，等一下還要值班，當班的時候，她希望狀況愈少愈好。況且要是今天不適合吃藥緩解，那究竟什麼情況才適合？

「妳知道嗎？」安妮到醫院後，聽到同事跟她說：「泰瑞請病假。」

「沒有人代班嗎？」

「沒有，只有妳跟我。」

接下來的六小時匆匆忙忙，安妮要顧好幾間病房，連一次也沒有坐下。呼叫燈號一直亮起，兩名護理師手忙腳亂地處理狀況。安妮抓起已經摺角標示的藥袋，仔細分發派藥，沿著走廊一路送下去。

送到二〇九K／L號房，右邊的病患在睡覺。那是個瘦弱的老伯，插著鼻胃管。安妮拿出碎藥器，打開藥袋，準備使用注射器。

「護士，來幫我。」隔壁床的男人大吼。那個禿頭男子體格肥壯，肚子把床單頂得鼓鼓的。「這枕頭我睡得不舒服。」

「馬上過去。」安妮說。

「這枕頭我睡得不舒服。」

「等一下。」

「妳幫我換個枕頭好不好？」

安妮一直在磨藥，用純水溶解藥粉。

男子抱怨：「我必須睡覺。」

安妮嘆氣。她按呼叫鈴，希望另一名護理師會來處理，但她也知道整個下午呼叫鈴一直都亮著。

大塊頭說：「過來啦。」

「馬上過去。」

「可惡欸妳！那個傢伙可以等一下吧！他都快死了！」

安妮被他這樣一喊，身體微微發抖，派藥的動作也分心了。她揉揉額頭，擠壓眉心，好像要把頭痛擠出來，接著把磨碎的藥粉沖進水裡，裝進注射器。

男子抱怨：「我的脖子好僵硬。」

安妮把注射器固定在管線的一端鎖緊，然後用手指打開餵食管的閥門，讓藥物流進病人體內。

「**護士！過來！**」

偏偏選今天，安妮心想，她避免和男子眼神接觸，看著藥袋上的說明。她眨眨眼，有什麼搞錯了。藥袋上的日期不是今天。**偏偏選今天**。今天的日期她特別清楚，是二月七日，也是最壞的事情發生的日子。藥袋上的日期是二月三日。就在她打開管子閥門時，腦中飛快運算。已經過了四天，這四天會發生什麼事？她在醫囑上看到一條註記「ER」，也就是「緩慢吸收」（extended release）；這種藥應該用吞的，不能壓碎。但是這個老先生已經無法吞嚥。或許這註記被寫下來的時候，他還能吞吧——

安妮馬上把注射器拔出來。

「可惡欸妳，這個枕頭——」

「閉嘴！你給我閉嘴！」

安妮聽不見自己吼了什麼，她定定地想著自己剛才差點犯錯，把定時釋放的止痛藥打進營養滴劑裡。這樣會讓藥效一次完全釋放，可是這種藥應該用上整整十二小時釋放藥效。她有可能會害慘這位老先生，甚至差點把他害死。

大塊頭還在喊：「妳怎麼可以叫病人閉嘴！我要去投訴，一定會讓妳——」

安妮聽不見他在喊什麼，只聽見自己的呼吸聲。她心跳劇烈，心臟簡直要衝破肋骨。她抓起注射器和藥袋，衝到走廊上，把那些東西丟進垃圾桶，感覺自己的舉動像是凶手在滅證，隱藏犯案工具。

之後她請了兩週的留職停薪，儘管院方沒有要求她這樣做。復工之後，她發誓未來要更注意病患，不能分心，不帶進個人問題。安妮，至少要做好一件事。她這樣告訴自己。把一件事做好。

第四個功課

艾迪與安妮腳下的地面變得泥濘潮濕。山丘上存放著油桶，放眼望去都是燃燒中的竹製小屋。

「這裡是哪裡？」

「是戰場。」

「什麼時候的什麼戰場？」

艾迪嘆氣。「戰爭隨時隨地都在發生。」

他往前走，腳步發出擠壓地面的嘎吱聲。「這裡是二戰時期的菲律賓。」

「你那時候是戰俘。」

「對。」

「你逃出來了。」

「總算。」

「你握住我的手的時候，我就是看到這幅景象。這些小屋是你放火燒的。」

他說：「沒錯，是我燒的。」

他步履維艱地走過滿地不堪。他們發現燒剩的自製噴火器——只是一個裝滿油桶、接上油管的背包。

「被抓的時候，我很害怕，怕得要命。逃出來的時候，心裡的恐懼都被釋放了，我們這些被抓的都是這樣。我們發動攻擊，做出毀滅性的舉動，把這個地方燒個精光。我以為這樣能替自己平反，或許還算得上勇敢。結果我做了很可怕的事，而且完全不知情。」

他指向一間小屋。安妮看見一個人影跑過火場。

「等一下……那是個人嗎？」

艾迪垂首，似乎不敢看。有個小女孩從火焰中慢慢現形。她的臉是肉桂色，頭髮則是李子色。她全身著火，火舌整個吞噬了她。她走到艾迪身旁，身上的火焰頓時熄滅，看得見皮膚和臉部嚴重燒傷。女孩牽起艾迪的手。

「這位是塔拉。」艾迪悄聲說道：「我放火燒小屋的時候，她正好躲在裡面。」

他定定注視著安妮。

「她會在這裡，都是因為我。」艾迪說。

§

安妮後退，突然感到一陣恐慌，彷彿她之前都看走眼，這個老先生散發出的安心光芒都只是假象。

「犯錯，」艾迪的口氣很嚴肅。「我要教妳的正是這個。妳覺得自己一直在犯錯嗎？妳現在是不是覺得自己又犯錯了？」

安妮別開頭。

「我以前也都這樣想。」艾迪繼續說：「我覺得自己的人生大錯特錯，一直遇到各種爛事，爛到令人生恨。後來我就不再嘗試了。」

他聳聳肩。「但我從來不知道，自己犯下的滔天大錯是什麼。」

他轉向小女孩，摸摸她糾結成一片片的頭髮。

「我死後才發現，放火的當時，塔拉正好躲在小屋裡。她在天堂見到我，說我燒死了她。」

他咬緊自己的嘴唇。

「聽到這件事，我好像又死了一遍。」

安妮問：「你為什麼要跟我說這些？」

艾迪要塔拉走去安妮那邊。兩人的距離近到她能看見女孩燒焦皮膚上的水泡。

「妳大半輩子都被一件事困擾，對吧？那件妳想不起來的事情，讓妳自責的事情？」

安妮輕聲問道：「你怎麼知道？」

「因為我也是這樣。我覺得自己只是無名小卒，被困在露比碼頭，我不該待在那裡。修理遊樂設施，誰想要那種爛工作？我想，一定是哪裡出了錯才會變成那樣。

「後來我就死了。而塔拉向我解釋為什麼我會待在露比碼頭，都是為了保護孩子，因為我那時沒能保護她，反而害死了她。她告訴我，我就是應該待在那裡。」

他伸手搭上塔拉的肩膀。

「她還告訴我一件事。我聽了之後，痛苦就永遠消失了。用漂亮話來說，那算是我的

『救贖』吧。」

「她說了什麼？」

艾迪微笑。「她說，因為我死了，所以妳活下來。」

§

安妮開始發抖。艾迪握住她的手。

「來吧，現在可以看了。」

「不行。」

「可以，妳看得下去。」

「我忘記了。」

「妳沒有。」

安妮低聲怨嘆：「我真的不**想**看。」

「我知道，但也該是時候了。」

天色轉紅，火焰般的赤紅。安妮覺得自己的頭被往上提起，好像誰在扯她的頭髮；她又回到事發當天的露比碼頭，看著死期將近的自己。安妮看見巨大的車廂在佛萊迪自由落體上傾斜，也看見一陣狂亂中，乘客被拉出脫困。她看見人們比畫著什麼，嚇得掩嘴。她看見艾迪推開人群，大聲發號施令，要大家清場，跑步離開。她看見人群互相推擠，往同一個方向前進，自己卻往反方向跑。小安妮跑到一處空曠的平台，爬了上去，把身子捲起來。安妮看見小時候的自己在發抖，喃喃念道：「媽……媽……媽……」

安妮看見艾迪跑向她，面孔扭曲。她看見巨大的黑色車廂，像炸彈般墜落。她看見艾迪一個猛撲，雙手蓋住安妮胸口，用力將她往後推。安妮從平台上摔落，臀部先著地，接著雙腿後側和腳跟摔到地上。還沒失去意識前，她瞥見平台上艾迪的身體完全被壓扁，成了犧牲的祭品。

艾迪被車廂壓得粉身碎骨，彷彿蟲子被靴子踩碎一般。

接著，一個小東西往安妮這裡飛來，速度快到她眼睛都還沒眨，手腕就被切掉了。她哭喊出來，她這輩子從未如此哭喊過。接著她閉上眼，所有的細節消失了。宛如炸彈落下，炸毀一切，消去了安妮、艾迪、那一天的回憶，以及生命。

§

「天啊，這就是事發經過。」安妮聲音嘶啞，好像大夢初醒。「我現在想起來了。你推了我一下，救了我一命。我手被削掉，之後就昏倒了。」

艾迪說：「從上面看，事情清楚多了。」

安妮張嘴，眼神前後飄移，在腦海中重播場景。

「但……」

她放開艾迪的手，聲音沉了下去。

「我真的害死了你。」

「我是被車廂害死的。」

「都是我的錯。」

「是鋼索的錯。」

「我刻意遺忘。」

「因為妳還沒準備好。」

「準備什麼？」

「準備接受事實。」

「你死掉的事實嗎？」

「不只這樣。」

他踱步離開，工作靴在軟泥地上踩得嘎吱作響。「在人間，我們得到事情的結果。但要看見原因，得花較長的時間。」

「不對，」安妮固執說道：「原因不存在！都是我出現在不該出現的地方。大家都刻意隱瞞這件事，沒人告訴我真相。我想不起來事發經過，媽媽也把這件事當成祕密。」

「因為她在保護妳。」

「保護我怎樣？」

「讓妳不要變成現在這樣——只會自責。」

「我念高中的時候聽過一個說法。」

「然後呢？」

安妮遲疑了。

「我假裝沒聽到，轉學轉了好幾次。老實說……」

她左右手交錯抓住手肘。

「我很慶幸自己不記得了。」

她無法直視艾迪。「你因我而死，」她聲音低沉。「你犧牲了所有，但我連真相都無法面對。」

安妮猛然跪坐下來，膝蓋撞擊泥土地面。「真的很對不起。如果當初我跑對方向，你就不用來救我了。」

「不是這樣的。」艾迪口氣溫和地說：「我就是**需要**救妳，才能償還我過去所奪走的人命。

「這就是救贖。我們犯下的錯誤，讓我們通往正確的路。」

§

塔拉牽起艾迪的手，在自己的臉和手臂上搓揉。斑駁的傷痂脫落，燒焦的皮膚剝除。

她的臉龐變得完美無瑕。她伸出五根手指，貼在艾迪的肚子上。

「塔拉是我遇見的第五個人。妳是我遇見的下一個人。」

「下一個人？」安妮說。

「妳在天堂遇到五個人給妳上課。之後，妳也會成為另一個人遇見的五個人之一，為他上課。在天堂，所有人因此互相連結。」

安妮垂首。「我遇見的第三個人說，我需要跟你和解。」

「妳遇見誰？」

「我媽。」

「嗯，和解的部分，她說得沒錯，但她並非要妳跟我和解。唯有跟妳自己和解，才能得到真正的平靜。這一點，我可是吃過苦頭才學會。」

他看了塔拉一眼。

「其實，這麼多年來，我都覺得自己是無名小卒，沒做過什麼大事。妳也是，妳一直在做事，卻覺得自己都做錯了。」

艾迪嘆氣。「我們都想偏了。」

他彎腰扶安妮起來。

「小朋友啊。」

安妮抬頭。

「沒有誰是無名小卒，事情也沒有對錯。」

§

話才說完，周圍的風景像流進排水管那樣融化殆盡。黑暗的戰場退去，塔拉升至空中。她的菲律賓名字有「星星」的含義，她化為星光，照亮了美好的青空。

安妮也感到自己在上升，緩緩降落到鋼骨摩天輪的座位上。她旋轉至高處，俯瞰著整個露比碼頭。遊樂園中，有色彩繽紛的帳篷和遊樂設施。安妮的座位下降，地面開始閃爍著微小的光芒，光源數量迅速增加，成了迷你光束。安妮接近地面時才發現，原來那些都是孩子們的目光。他們玩水上俯衝設施時弄得一身濕，玩旋轉幽浮隨著設施轉動，騎著每一隻旋轉木馬歡笑嬉戲。這裡一定有好幾千個孩子吧。

「我這輩子都在這裡工作。」艾迪從人群中出現，扯開嗓子說道：「維護設備安全，就代表維護孩童的安全。他們平安長大，自己生了孩子。他們的孩子又生了孩子，如此繼續下去。」

他望向那一張張稚嫩的臉孔。「我可以在自己的天堂裡，看到所有孩子。」

安妮的車廂轉到摩天輪下方的搭乘處。

「我剛才那樣說，妳聽得懂嗎？」

「我不是很清楚。」安妮回答。

艾迪轉身離開。

「我救了妳。雖然妳過去那些年很不好受，妳的手讓妳吃盡苦頭，妳還是長大了。所以……」

艾迪再轉過身時，安妮僵住了。他抱著一個小男嬰，頭上戴著藍色小帽子。

安妮輕喚：「羅倫斯？」

艾迪往前走一步，把安妮的兒子放進她顫抖的懷中。在那瞬間，安妮再度完整，她的身體全長回來了。她把孩子摟進懷裡，靠在胸前。這母性的懷抱，讓她充滿最純淨的感受。安妮微笑、哭泣，眼淚止不住地流下來。

「我的寶貝，」她情感迸發。「喔，我的寶貝，我的寶貝……」

她逗弄孩子的腳趾，把玩他的小手，眼淚滴在他小小的額頭上。他拍掉了她的淚水，眼神帶點狐疑。

顯然他認得安妮，就如同安妮知道他就是她的兒子。兒子存在過。他在天堂安然無恙。安妮感受到一陣平靜，那是她在人間無法體會的平靜。

「謝謝你。」她低聲向艾迪說道。

艾迪還來不及回話，她又被送進了空中，離開了艾迪，離開了遊樂園，經過塔拉變成的明亮星辰，進入另一個死寂黑暗的宇宙。她低頭一看，懷裡已經空了。她發出痛苦的嘆息，覺得無比滿足，也無比空虛。得到孩子又馬上失去，感覺就像這樣吧。

星期天，下午三點零七分

在警車前往醫院的路上，托伯特看著車窗外的纖長雲彩，心中默默禱告。他知道此刻希望的力量依然大於真相，之後就不是這樣了。只要一進到醫院，不管他看到什麼景象，都無法改變了。

警車停了下來。托伯特深呼吸，打開車門，拉扯一下夾克，迅速步出車外，跟在員警身旁。彼此一聲不吭。

一行人從急診室入口進了醫院。他們一靠近櫃台，托伯特就看見助手泰迪人待在簾子後面。他坐在輪床上，低著頭並摀住雙耳。

在那瞬間，托伯特如釋重負。**感謝上帝，他還活著**。接著，他一陣暴怒，拉開簾子衝進去。

「哇，等——」員警驚呼，但托伯特抓住泰迪的肩膀大吼：「泰迪，你搞了什麼鬼？

搞了什麼鬼？」

泰迪張嘴，身體顫抖。

「有風，」他聲音含糊。「還有電線。我想要閃開——」

「天氣看過了嗎？」

「我——」

「天氣看過了嗎？」

「那個——」

「你為什麼要飛？客人是誰？泰迪，你到底搞什麼鬼啊？」

員警把托伯特拉回來。「別這樣，放輕鬆點。」泰迪深呼吸，從上衣口袋拿出名片。

他聲音嘶啞地說：「客人說他們**認識**你。」

托伯特愣住了，名片皺皺的，看起來被雨打濕過，上面親筆寫著托伯特的名字。

「不好意思，你是熱氣球老闆嗎？」

托伯特轉身，面前又來了一名員警。

「我們要做筆錄。」

托伯特喉頭一緊。「為什麼？」

員警翻開筆記本。

他說：「因為有人死亡。」

最後的永恆

安妮摔落地面，那裡又冷又硬，她的靈魂摔成了兩半。她之前得以擁抱自己的孩子，之前曾經感到平靜。曾有那麼幸福的一刻，她覺得自己可以就此安息，永遠活在陽光普照、星光閃爍的露比碼頭，跟兒子羅倫斯、艾迪，還有那些他照料的孩子們作伴。那對她而言，已經是天堂了。

但現在她離開了那個天堂，顯然也回不去了。她覺得自己被掏空了，連眼睛都不想睜開。等她終於張開眼睛，看見天空中沒有任何特殊的色彩移動，只是披覆著黑幕，彷彿連空氣也變得不透明。

為什麼還要繼續呢？她頹然倒下。之前見過的人，都揭露了她的身世，說出她最不為人知的祕密——大腦原本要保護她不受傷害，現在也都棄守了。

過去發生的事，現在她全知道了。她知道這件事為什麼牽扯到其他人。過去她被隱瞞的事情，恰好就是一切的關鍵。最令人難過的是，那也是她生命結束的方式。她心想，**就這樣嗎**？她的存在就只有這樣，像繩子被剪斷那樣晃蕩著？

安妮小時候曾聽別人說過，死掉的時候神會來帶領她，一切都會是自在、平靜的。或許完成人生任務的人，才能享有如此待遇。如果在人間的功課還沒完成，天堂要怎麼替你完成呢？

她摸摸自己的身體，瑟縮了起來。她頭好痛，肩膀發痠，下背很緊，從熱氣球摔下來的疼痛感回來了。她摸到自己的大腿時，覺得那裡的布料摸起來很熟悉，又軟又滑。她再往下摸，感覺下襬變寬了，而且還有荷葉邊。

安妮不用看也知道這觸感來自她的婚紗。

§

起來。她聽見自己心裡這樣喊著。**把事情結束**。安妮身體虛弱，腦袋昏沉，在黑暗中勉強起身。她沒有穿鞋。婚紗垂墜在她身上。往下看，有點點星光穿過透明的裙面浮現。

一開始數量並不多，後來出現了數以千計，甚至有一整個星系那麼多的星光，都在她腳底下閃爍。

安妮走了一步。

地面轉動。

她停下腳步。

轉動也跟著停止。

她再走一步，地面又跟著她轉動；她似乎是走在球體上——這是個巨大的玻璃球，裡面有一整個宇宙。如果不是在這種情況下，她或許會覺得很好玩。但她現在腦袋一片空白，她的人只是一個空殼。她舉步維艱，心裡不平靜，思緒不清楚，艾迪之前感受到的救贖，她一點感覺也沒有。

就在她以為這裡就是她最終歸宿的時候，開始有東西東一件、西一件地憑空出現在她面前：翻倒的米白色園藝椅、上下顛倒的譜架、兩根金屬桿之間被剪斷的白色緞帶。她心裡浮現出一種前所未有的感受，帶著原始而騷動的力量。這感覺不像來自天堂，反而比較像是自己還在世間。

她看到前方有個蓬幕。底下有好幾個人背對她站立，男女都有，身上多半穿著西裝和伴娘服。

她喊：「哈囉！」

一片沉寂。

「你們聽得見嗎？」

沒有回應。

「拜託，告訴我這裡是哪裡。」她哀求著靠近他們。「這裡有我認識的人嗎？」

人群裂解成許多小碎片，從中走出一個穿著禮服的男子，他抬起頭來。

「我認識妳。」說話的是保羅。

安妮在天堂遇見的第五個人

愛情來的時候，你完全不曾預料到。愛情來的時候，你恰巧最需要。愛情來的時候，你已經準備好要接受，或者你再也無法抗拒。以上這些常見說法，都能形容不同面向的真愛。但安妮的真愛是這樣的，有很長一段時間，大概有十年工夫，她不期待真愛，也沒有得到真愛。

自從失去母親與孩子之後，安妮幾乎不和任何人交流，埋首工作。她每天的打扮都一樣：藍罩袍，灰跑鞋。每天開車都開一樣的路，總是去同一間咖啡廳買一樣的茶。

她日復一日照顧著患者。

她幫他們做紀錄，認識他們的醫生。她不想在小兒科病房工作，因為回憶太痛苦了。但是她跟老人家處得很好；她會鼓勵他們說話，他們也很樂意絮絮叨叨。安妮發現，聽他們說話也是治療的一種，不僅療癒他們，也療癒自己。話語中夾帶的關心恰到好處，不會過量到刺傷她的地步。那時候，自保不受傷就是她的生活動力。

她自願加班，讓工作充滿自己的日日夜夜，幾乎不參加社交活動，不跟人約會。把自己的金色鬈髮用黑色髮帶綁成小包頭，關掉心裡的燈。

某天早上，她端著已經涼掉且快喝完的茶走進醫院，抬頭一看，發覺所有事物都翻轉過來。站在鷹架平台上的就是保羅，是長大成人的保羅。他穿著褪色的藍色牛仔褲，正在釘夾板。安妮靈魂中的地下室，有一支把手被按下去，她全身的血液暴衝上來，神經末端猛然刺痛。

不要看到我，她心想，**趁我還能跑**——

「欸，我認識妳。」他咧嘴而笑。「妳是安妮！」

她藏起左手。

「是我，沒錯。」

「我們在學校認識的。」

「是在學校。」

「我是保羅。」

「我記得。」

「我們同校。」

「我們同校。」

「哇，安妮。」

她的皮膚發紅，不知道為什麼這個高中認識的男生會造成她這種反應。但他說「哇，安妮」的時候，她也在想，**哇，安妮，現在是怎麼回事**？

儘管那時她並不瞭解，卻也明白了一件事：愛情來了，就是來了。

很簡單。

§

兩人之間會開始，並不是誰追誰，反而是重逢的氛圍將他們聚在一起。那天晚上他們一起吃飯，之後就變成每晚一同吃飯。他們說說笑笑，說得很久，說到很晚。多虧兩人的童年時光，消除了一開始的尷尬。

保羅說了許多故事。每說完一個，托腮聆聽的安妮就會問：「接下來呢？」保羅跟家人搬去義大利之後，他冒險的經驗也多了，像是跟村民、馬伕、巡迴比賽的足球隊互動，甚至去山裡住了一年，結果發生危險的意外等等。安妮覺得這些故事都是特別保留要說給她聽的。

「那妳過得如何？」保羅問：「妳媽還好嗎？」

「她過世了。」

「我很遺憾。」

「嗯。」

「我還滿喜歡她的。」

「但她把你趕跑了。」

「對，挺凶的。她想要保護妳呀。」保羅聳聳肩。「**所以**我才喜歡她。」

第一天吃完飯，兩人匆匆抱了一下，像老友那樣互相拍背。過了幾晚，吃過義大利麵之後，兩人在保羅的車內輕輕接吻。安妮後退，好像那是她人生第一次接吻。她告訴保羅，這個吻從他離開學校那天，就一直保留到現在。「我在你置物櫃前親你的那場鬧劇並不算數。」保羅說，那次事件、那些同學的行為，以及他自己的應對，都讓他感覺很糟。

安妮說：「梅根壞透了。」

「妳真的畫得很棒。那張畫妳還留著嗎？」

安妮大笑。「我還**留著**嗎？」

「快說。」

「幹嘛問？」

「我想要啊。」

「你想要？」

「當然。就是因為這張畫，我才知道那時候妳愛我。」

安妮往下看，搓揉膝蓋。

「你才不知道。」她語氣飄忽。

「當然我那時候就知道了。我知道以前我愛**妳**。」

她抬起頭看他。「你在開玩笑嗎？」

「才不呢。」

「那你當時為什麼沒說話？」

「安妮，」保羅露出大大的微笑。「我那時候才十四歲！」

§

隨著時間過去，兩人的生活結合得天衣無縫，就跟真愛一樣完美無瑕。不用說什麼，他們也知道這樣的情況會持續下去。

有一天午休，安妮用輪椅推著瓦里奇克女士，移動到新蓋好的長者區。瓦里奇克來自紐約，剛過九十大壽，雖然身體虛弱，卻精神奕奕，安妮很喜歡她。

安妮問她：「妳覺得這邊怎麼樣，比之前那裡大——」

她停住話頭，保羅正跪在地上替灌模工作收尾。他抬眼看到她們。

「早安，美女。」

瓦里奇克說：「他不是在叫**我**吧？」

安妮說：「這可不一定。」

「對啊，真的不一定。」保羅起身跟老太太握手。

安妮說：「瓦里奇克女士，這是保羅。我們是朋友。」

保羅往櫃台方向撇撇頭。「吃的好像都在那裡。」

安妮看到那裡擺放著麵包和冷盤。

她說：「這些我們都不能吃吧。」

「**我們**都不能不吃。」保羅的口氣很逗趣。

「瓦里奇克女士，您肚子餓了嗎？」

之後，保羅和安妮笑鬧地做起三明治。保羅把肉堆得高高的。

安妮阻止他。「太大了。」

瓦里奇克說：「不要聽她的！」

保羅說：「我都聽她的。」

「**最好是**。」安妮回嘴，邊說邊笑，還肘擊保羅。

瓦里奇克說：「只是朋友嗎？親愛的，妳想騙誰？」

§

一個月後他們開始同居，生活行事開始交錯，彷彿互相混色的顏料。他們一起吃早餐，一起用牙膏，一起感冒，兩人的信件都寄到同一個地址。

秋天來了之後，冬春也相繼到來，最後天氣回溫，迎來夏天。某個明亮的早晨，保羅要去上工前，把安妮的髮圈拉掉。她甩甩波浪似的鬈髮，問：「這樣比較好？」他說：「這樣比較好。」其實變得更好的，不只是髮型而已。

之後，他們迎接婚姻大事的到來。不過保羅有一個愛表現的靈魂。他在等待時機成熟，一切都準備就緒。有一晚，他帶著安妮去屋頂，那裡點著小火炬，大型白色喇叭播放著小夜曲。他扯下罩著什麼的床單，原來是兩尊大型紙雕青蛙。保羅做青蛙，是希望兩人記住他們在學校操場認識的那一天。這兩隻青蛙，有一隻打了領帶，準備跳過另一隻。領帶上黏了一張紙條。

安妮拿起來念。

「**讓青蛙的一小步，成為兩人的一大步，好嗎？**」

她大笑，轉身看保羅。他已經把戒指盒打開，安妮完全等不及聽他說那句話。

「我答應。」她連珠砲地回答：「我答應，我答應，我答應。」

§

「不行……」天堂中的安妮低語。

保羅眨眨眼。

「你不准出現在這裡。」

他攤開雙手。

「我不要你在這裡！」

他伸手摸她臉頰。

「不准摸！不准出現在這裡！活下去，給我活下去！」

他的手指掃到她。這樣一摸，她全身像是要融化了。

「安妮，妳看，」他聲音輕柔。「有極光。」

透過腳下的玻璃地面，他們見到綠光和紅光跳動，像幾抹雲煙飄過眾星。

「妳知道極光的成因嗎？」

安妮感覺眼淚流過臉龐。

「你跟我說過很多次。」她的聲音顫抖。「從太陽逸散的粒子被太陽風吹動，歷時兩天抵達地球，從大氣層進來，那裡是……」

她哽咽。

「世界的頂端。」

保羅說：「我們就在世界的頂端。」

他揮手，一道道炫目的光芒揮灑，滑過腳下的天空。安妮看著自己的丈夫籠罩在光裡，模樣無異於婚禮那天，只是他現在比較平靜，眼周和嘴角沒有任何皺紋。再也沒有人讓她這麼想見，再也沒有其他人讓她寧願不見。

「**為什麼**？」她低語：「為什麼你會出現在這裡？」

「風吹動了。」他說。

最後一個功課

人活著多久，就失去多少。但人類演化到現在，還沒有演化出接受失去的方式。

安妮發現自己沒有救到保羅，那些離她而去的都讓她耗盡心力。從小離開她的父親，因為意外失去的左手，被迫離開的家園，被拋下的朋友，早逝的母親，早夭的孩子，一晚的新婚夜，現在她還失去了新郎。他站在她的面前，她最終失去了他。

她又失敗了。

她問：「你在這裡待了多久？」

「有一陣子了。」

「你也會見到五個人嗎？」

「我已經見到了。」

「我不懂。你比我先死嗎？」

「這裡的時間跟人間不同。人間才過幾秒，在天堂可能已經過了一世紀。這還挺瘋狂的，比我那些艱澀的天文書籍精采多了。」

他微笑著，安妮也覺得自己嘴角被牽動，隨即又想起兩人現在的所在位置。

「不行，」她還在硬撐。「這樣不公平。我們只做了一夜夫妻。」

「一個晚上就能改變很多事情。」

「還不夠！」她看著他，神情宛如孩子在哀求。「我不懂，為什麼我們就是沒辦法快樂？為什麼我所有的好事都會被奪走？」

保羅看著黑色天空，好像在查看什麼，儘管天空中什麼也沒有。

他說：「妳記得我在中學的最後一天嗎？其實我跟著妳跑了出去，看見妳進了公園，坐在長椅上哭，但我沒有勇氣跟妳說話。我知道我讓妳失望了。

「隔天我們就離開了。十五年來，這件事一直折磨著我。那時候我年紀雖小，但我覺得自己失去了一個珍貴而重要的人。之後，我回到美國，希望總有一天可以再遇見妳。突然之間，妳就出現在醫院裡。我這才明白，如果妳真的愛著誰，一定有辦法回到那個人身邊。」

安妮皺起眉頭。「然後再失去那些人一次。」

「只要活著就會失去。有時候只是失去妳吐出的一口氣，有時候那個損失實在太大，讓妳以為自己撐不下去。」

他牽起安妮的左手。「但妳都撐下去了，對吧？」

安妮心中的愛意迸發，她的丈夫就在這裡，起碼她能跟他一起待在天堂裡，但……

她低語：「我真的好想救你。」

「妳捐了一片肺葉給我。」

「但你還是**死了**。」

「那還是沒有改變妳捐肺給我的事實啊。」

「你怎麼這麼冷靜呢？我只覺得……」

「覺得怎樣？」

安妮思考該如何開口。「覺得心碎。」

保羅也思索了一陣子。「給妳看樣東西。」

他伸手進口袋，拿出一隻菸斗通條做的兔子。

安妮說：「你之前送過了。」

「妳看好。」

突然之間，兔子展開來，變回五根筆直的絨毛鐵絲。保羅拿出其中一根，做出一個普通的愛心。

「我們剛出生的時候，心就是長這樣。很小、很空，還沒經歷過事情。」

他把那顆心放進她手中。

「這個……」

他拿起另外四根通條，合在一起扭成更大、更複雜的心，鐵絲在內部彼此交錯。

「我們死掉的時候，心變成了這樣。我們愛過的那些人，我們經歷過的失落，讓心變得更大了。妳看到了嗎？」

安妮說：「但這個心碎了。」

「沒錯。」

「這樣就不完整了。」

保羅把那顆心推向安妮的胸膛。

「不對，這才是完整的心。」

突然間，絨毛鐵絲發出強烈的光芒。安妮覺得自己體內傳來微小的鼓動。

「保羅，這是怎麼回事？」

「安妮，我要謝謝妳。曾有一分鐘，我有辦法像妳那樣呼吸了，感覺真的很奇妙。」

「不行，等一下——」

「妳該走了。」

「我想要跟**你**在一起。」

「我要一直待在這裡，但妳得活下去。」

「活下去？」

「安妮，妳曾經死裡逃生，所以妳要報答這個世界，這也是為什麼妳會成為護理師，妳必須回到人間，拯救其他人。」

「不要！保羅！拜託你！」

他鬆開她的手。安妮看見自己再度一塊塊消失，先是她的雙腳、手臂，接著是膝蓋、大腿、腹部、胸膛，她在天堂重建的一切都沒了。腳下的地面變得平坦，開始融化。她聽見兩道聲音傳來，好像有不同的錄音帶同時播放。保羅被吸進閃耀的極光之中，安妮只看得見他的臉，很近，還摸得到。他輕柔地親吻她，她激動地想抓住他，牢牢地把他看進眼裡，但她的眼皮像厚重的簾幕般垂了下來，眼前一片黑暗。接下來，安妮感覺有兩隻手搭在她肩上搖晃著，把她從天堂搖回人間。

這就是之前搖晃她的雙手。

「待會見。」保羅低語。

再度張開眼的時候，映入眼簾的是天花板的日光燈。她聽見機器的聲音嗡嗡作響，一個女性的聲音說：「醫生，快看！」

尾聲

熱氣球意外墜落的新聞很快就傳遍了國內，慢慢地也傳到了世界最遠的角落。大家轉貼圖片，留言表示生命真是脆弱。

他們看到的報導說，一對新人和新手飛行員出了意外，幸運的是，三人之中有兩人逃過一劫。導致熱氣球撞上電纜的飛行員跌出吊籃，勇敢的丈夫拋出妻子逃生後，自己再跳出來。他身受重傷，卻撐了好幾個小時；他接受妻子移植的肺葉，呼吸了幾分鐘。他在手術室宣告不治的同時，妻子也因為移植手術陷入昏迷。

少有人知的是，安妮曾經短暫死去。昏迷的時候，心電圖停止波動。包含舅舅在內的醫療小組把她救了回來。當她心臟再度跳動，舅舅不禁熱淚盈眶。

「安妮，妳沒事了，妳會沒事的。」

他硬是擠出笑臉。「我們剛才好害怕。」

安妮眨眨眼。

長久以來，這是她第一次什麼也不害怕。

§

時間過去，在這起悲劇中受到牽連的人士都慢慢安定下來，就像雪花水晶球裡的雪花那般，雖然沒落在同一個位置，卻落到了平靜的新處所。

泰迪搬到另一個州，在那裡上教會，花很多時間帶討論，談第二次機會的可能性。托伯特關門不做了，把生意轉手給他人。他花了五個月才鼓起勇氣，寫信給才結婚就成為寡婦的安妮。一週以後，回信來了。

托伯特應她的要求，前往她家拜訪。到了那裡，他很震驚，是安妮自己來應門，身形顯然是懷孕了。她比他想像中還更親切，儘管發生過那些事，卻顯得無比冷靜。托伯特再三表示歉意，說自己在雨中和保羅短暫相遇，有多喜歡他這個人。在他離開之前，他問安妮可不可以原諒他，是他導致這一連串事件，讓保羅離開人世。但她堅稱原諒不原諒的，其實沒有必要。

她說：「風吹動了。」

托伯特離開安妮家。他永遠不會知道命運曾經吹起另一陣風，卻被他化解了。他在下雨那晚拉了保羅一把，沒讓疾駛而過的車子撞上他。原本這起悲劇注定上演，讓安妮與保羅連一夜夫妻都當不成，自然也不會有孩子。有很多時候，生命就是這樣悄悄地被改變。筆桿一轉，寫下的就被擦拭乾淨。

§

在托伯特來過不久，安妮拿了一張地圖，打包小小的行李，開車前往灰色海洋旁的遊樂園。來到入口，安妮下車瞧看露比碼頭的尖塔、宣禮塔、珠寶點綴的前拱門，還有那座俯瞰著園區的自由落體。

她問工作人員，有沒有人記得一個名為艾迪的員工，他以前負責維修遊樂設施。她被帶到碰碰車後面的維修部。那裡天花板很低，燈光昏暗，擺著瓷器小丑的人頭，咖啡罐裡裝著螺絲和螺栓。

安妮見到一個叫多明蓋茲的中年男子，他用抹布擦擦手，說他以前在艾迪底下做事，直到他離開人世的那一天。安妮向他表明自己的身分，他手中的抹布掉了下來，重重跌坐在小板凳上，整個人好像要翻了過去。

好一陣子，他都一直喃喃自語：「天啊，天啊。」

接著，他開始哭泣。

「很抱歉，只是……如果艾迪知道妳沒事，他一定會很開心。」

安妮微笑。

之後，多明蓋茲把她帶到維修部後面，給她看一個箱子，裡面都是艾迪的私人物品。有一些小玩意兒、生日賀卡，還有一雙軍靴。安妮詢問可否送她那盒菸斗通條，多明蓋茲說如果她想要的話，整個箱子拿走也沒關係。

臨走前，他問：「可以問妳一件私人的事嗎？」

安妮點頭。

「被拯救的感覺是怎樣？那天發生在樂園裡的事，我都看見了。如果不是艾迪，妳應該活不成。」

安妮摸摸自己的肚子。她說這感覺很難解釋。她還說，以前她總認為自己可以付出一切來改變過去，但現在她不這麼想了。大多數時候，她都覺得很感激。

§

季節來來去去，天氣變熱的時候，人潮重回海邊的遊樂園。幸福的孩子搭乘最新型的自由落體，並不明白之前有什麼樣的命運在這裡被改變。

同時，安妮也生了一個女兒。她把孩子抱在懷裡輕輕搖晃，替她取名為喬瓦娜，在義大利文裡是「神賜禮物」的意思。就像保羅之前所說的，安妮從天堂回到人間，就是要把女兒帶到世界上。

喬瓦娜四歲的時候，安妮把她帶到外頭看星星。

「媽媽，星星好高喔！」

「對啊，是很高。」

「還有什麼比星星更高？」

安妮只是微笑。她從未提起自己的天堂之旅，只有自己知道而已。但她並不打算永遠封口。

有一天等女兒年紀到了，安妮會跟她說一個天堂的故事。告訴喬瓦娜誰已經到了上面，例如她的外婆、她的哥哥、她穿著禮服的爸爸，他們都在那裡看星星。她也會告訴女兒，她在天堂之旅中得知的祕密，例如生命接觸到生命，再接觸到更多生命。

她還會說，所有的結局都是開始，只是我們一時之間還沒察覺而已。接下來，女兒這輩子都會安心自在，因為她知道不管自己害怕什麼、失去什麼，這些凡世的煩惱在天堂都能找到答案。首先，她會在天堂遇見五個等待她的人，我們之後也都會遇到。那個過程有神看守著，也具備最真實、最珍貴的意義——

家。

謝辭

作者首先想要感謝上帝保佑，讓自己健康、有創意，寫出天堂的故事。

此外還要感謝以下人士，在本書創作期間提供協助和靈感。

首先是研究方面：感謝密西根沃倫的莫圖斯復健中心的職能治療師兼臨床經理，凱．麥康娜琪，她協助斷手的重植患者復健，她的經驗幫助我生動描繪出安妮一輩子的身心傷痕；感謝密西根維克森的柳籃熱氣球中心的會長兼飛行員戈登．波靈（讀者請注意，書中的熱氣球意外實屬罕見！）；感謝底特律亨利福特醫院的肺部移植小組醫療組長兼資深醫師麗莎．艾倫史巴克；感謝德州沃斯堡的貝勒史考特暨白衣聖人醫學中心的護理長惠爾．高肯巴赫。特別感謝喬安．巴納斯的仔細調查和精闢發問。薩米爾的角色原型發展自已故的艾佛瑞特（簡稱艾迪）．諾爾斯。小艾迪在一九六二年發生意外，卻讓斷肢重植領域有更大的突破。

接著，作者還想感謝和他一起走過起起伏伏的經紀人兼好友大衛・布萊克；大衛・布萊克事務所的蓋瑞・莫里斯、珍妮佛・赫瑞拉、麥特・貝爾福特；感謝哈珀柯林斯的傑出夥伴，從凱倫・李納第說起，她是我珍惜的編輯和出版人，讓我深入瞭解書中女性要角的心境。此外，還包括強納森・波罕、布萊恩・穆瑞、漢娜・羅賓森、道格・瓊斯、法蘭克・艾伯尼斯、莉亞・魏斯柳斯基、史黛芬妮・古柏、莎拉・藍伯特、緹娜・安卓雅提斯、萊斯里・柯恩、莉亞・卡爾森－史丹尼斯克、麥可・西伯特，以及米蘭・巴茲克（再度設計出驚人的書封）。

家人方面，我要感謝凱瑞・亞歷山大，讓我人生沒有走歪；綽號「羅西」的馬克・羅森塔，讓我人生沒有崩壞；感謝文斯和法蘭克；感謝我網路上的精神導師安東妮拉・楊娜瑞諾；感謝依舊是個懶鬼的門鐸。

如果沒有艾迪舅舅（現實中的艾迪），就不會發展出「天堂的五個人」的概念，我第一次聽到來生的故事，就是他講的。小說中的艾迪說，他的天堂要有妻子才算完整，那正表示我對潔寧的感謝，她每天都給我靈感；我還要感謝家人試讀這本書；感謝父母教我怎麼說故事。我出上一本書時，他們倆都上了天堂，現在想必是分分秒秒都在一起，就跟生前沒兩樣吧。

最後，我要感謝讀者不停帶給我驚喜、靈感、動機和祝福。雖然「天堂」二字現在可能只會出現在祈禱文中，或者純屬推測。但我知道，多虧各位讀者，我已經提前體會到些許天堂的滋味。

國家圖書館出版品預行編目資料

在天堂遇見的下一個人 / 米奇.艾爾邦（Mitch Albom）著；
吳品儒譯. -- 初版. -- 臺北市：大塊文化, 2018.11
面；　公分. --（mark；143）
譯自：The next person you meet in Heaven
ISBN 978-986-213-933-2（平裝）

874.57　　　　　　　　　　　　　　　　　107017569

LOCUS

LOCUS

LOCUS

LOCUS